AF234833

.

Herz, Schmerz und dies und das

.

Hubert Berger

Herz, Schmerz und dies und das

Geschichten, die das Leben schreibt

Impressum

1.Auflage © 2020

Umschlaggestaltung: Marius Moll

Herstellung und Verlag
BoD – Books on Demand, Norderstedt

ISBN: 9783751914536

Inhalt

Besondere Geschichten entstehen meist aus Zufällen, Überraschungen, Missgeschicken, oder anderen Begebenheiten. Schenkt man ihnen dann genügend Aufmerksamkeit, entwickeln sie meist eine besondere Eigendynamik. Einige entstehen aus der Fantasie, andere wurden leibhaftig erlebt. Neben skurrilen und herzergreifenden Erzählungen erwartet den Leser auch spannendes, nachdenkliches und abenteuerliches.

Block Z, Reihe 5, Platz 14

Fußball-Bundesliga Saison 2011-2012,
21. Spieltag
FC Augsburg–1.FC Nürnberg ausverkauft

Spontan wurde ich von meinem Freund Michael zu einem Bundesligaheimspiel des FC Augsburg eingeladen. Es war ein kalter Wintertag als ich mein erstes Bundesligaspiel (und auch mein letztes) live ansehen durfte. Das ich selbst einmal beim gastgebenden FC Augsburg (wenn auch nur von kurzer Dauer) vor Jahren in der 2. Bundesliga unter Vertrag stand, gab dem Ganzen noch einen besonderen Reiz. Als ich nach zwei Stunden das Stadion verließ war ich so geschockt, dass ich mich noch am selben Abend an den PC setzte und die nachfolgenden Worte schrieb!

Gespannt betrete ich mit Beginn des Spiels durch das Tor mit dem Buchstaben „Z" die Arena. Durch die lauten Gesänge der beiden Fangruppen fühle ich mich wie ein Torero beim Stierkampf. Kurz bleibe ich auf der Empore stehen und versuche die ersten

Eindrücke zu verarbeiten. Das Spiel hat noch nicht begonnen und trotzdem erreicht mich ein Gemisch aus Gesang, Geschrei, Pfiffe und Gejaule. Wehende Fahnen, in die Höhe gehaltene Transparente und ein nicht zu verstehender Stadionsprecher werden zusätzlich von mir wahr-genommen.

Ein kurzer Blick auf meine Eintrittskarte sagt mir, dass ich mich mehrere Treppen nach unten begeben muss, um meinen Platz zu erreichen. Die Augen auf die Markierungen gerichtet stapfe ich Stufe für Stufe hinab, bis ich bei der Reihe 5 zum Stehen komme. Ein Blick in die Reihe signalisiert mir, dass der Weg zu meinem Platz 14 versperrt ist. Nur schwer kann ich mich bei R5/S1 bemerkbar machen. R5/S1 hat in der linken Hand einen mit Bier gefüllten Plastikbecher, schwingt mit der rechten Hand eine Fahne und singt sehr inbrünstig das Augsburger Fan Lied.

Durch mehrmaliges Berühren seiner Hand, die immer noch einen Bierbecher umschließt, gelingt es mir seine Aufmerksamkeit auf mich zu richten. Weiter singend und Fahnen schwingend signalisiert er mir mit einem eindeutigen Kopfnicken und einer leichten Bewegung zurück, dass ich ihn passieren kann. R5/S2 steht mir jetzt im Weg da er von dem Arrangement zwischen R5/S1 nicht mitbekommen hat. R5/S2 trägt ein weißes FCA Fantrikot mit dem

Aufdruck „Carlsenbracker" und beteiligt sich ebenfalls am Gesang.

Ohne ein Wort zu sagen komme ich gut an R5/S2 vorbei. Durch kurzes Warten zupfen am Ärmel und zeigen meiner Eintrittskarte komme ich schnell bis zu R5/S10 voran. Bei R5/S10 helfen meine zuvor angewandten Aktionen nichts. Jetzt bin ich sofort in ein Wortgefecht verwickelt. „Kannscht du net früher kommen du Heini", kommt es mir entgegen. Endschuldigend und etwas demütig gebe ich mich reuig und so kann ich diese verbal schwierige Situation noch retten.

Zwei Minuten später ist es mir gelungen R5/ S14 zu erreichen. Mit einem kurzen „Hallo" begrüße ich R5/S13 und R5/S15. Nach der Anstrengung setzte ich mich auf meinem Platz. Die Augen jetzt nach vorne gerichtet kann ich erkennen, dass die Partie begonnen hat. Nürnberg in rot-Augsburg in Weiß. R5/S14 ist genau in der Mitte des Stadions und so sitze ich genau hinter dem Tor.

Es sind gerade mal 10 Meter, die mich vom Torhüter trennen. In großer schwarzer Schrift steht auf dem Rücken des Torwartes „Jentsch". Simon Jentsch ist der Keeper des gastgebenden FC Augsburg. Durch ein lautes Skandieren „Simon, Simon, Simon" wird er von meinem Umfeld, das fast ausschließlich aus Augsburger Fan besteht, frenetisch begrüßt. Durch ein Klatschen mit erhobenen Armen bedankt sich Simon Jentsch und so verstummt langsam der Sprechchor. Vor mir ein buntes Bild von roten und weißen Trikots, die sich schnell durcheinander bewegen.

Da sich die roten weit nach hinten zurückgezogen haben, spielen sich die Aktivitäten in der von mir weiter entfernten Hälfte ab. Leicht abgelenkt von den vielen spontanen und lauten Wortmeldungen meiner Nachbarn, beobachte ich mein Umfeld etwas genauer. R5/S13 hat in der rechten Hand einen bis zur Hälfte mit Bier gefüllten Kunststoffbecher. In der linken Hand hält er eine Zigarette, an der er in unregelmäßigen Abständen ein bis zwei heftige Züge nimmt und in sich hineinzieht.

Da sich das meiste Spielgeschehen weiter in der gegnerischen Hälfte aufhält, erkenne ich jetzt immer mehr Einzelheiten. R4/S12 schwingt eine rot grüne Fahne und unterstützt dies mit einem langanhaltenden Schrei: „Augschburg, Augschburg"! Wenig später schreit der ganze Block „Augschburg, Augschburg"!

Auf dem Spielfeld tut sich noch nichts und trotzdem schreit und feiert mein ganzes Umfeld. Leicht aufgeschreckt sehe ich auf die rechte Hand von R5/S13, wo sich immer noch der Plastik Becher mit Bier befindet. Der Schaum des Bieres hat den

14

Becher bereits verlassen und beim nächsten „Augschburg, Augschburg" schwappt der köstliche Gerstensaft über den Rand auf meinen linken Oberschenkel zu. Geistesgegenwärtig springe ich auf, um dieser unfreiwilligen Dusche zu entgehen. Gerade schaffe ich es mit einem Sprung nach vorne, trocken zu bleiben.

Ärgerlich schaue ich R5/S13 an. Doch R5/S13 ist so in seinem Element, dass er meine Verärgerung nicht erkennt und meine spontane Rettungsaktion als Anfeuerungsgeste deutet. Langsam wird es ruhiger. Jetzt erkenne ich immer größer werdend die roten und den weißen Trikot. Das Spielgeschehen hat sich verlagert und so kann ich Einzelheiten erkennen. Der Strafraum vor mir ist in Windeseile von mehreren Spielern gefüllt und der Ball wird mehrmals hoch vor das Tor geschlagen.

Jetzt erreicht ein Raunen meine Ohren und mit jeder weiteren Flanke wiederholt sich die Geräuschkulisse. R5/S15 sitzt ganz gebannt auf seinem Platz. Er beißt sich verkrampft auf die Lippen und sein ganzer Körper ist voller Spannung. Auch die Hände hat er zur Faust geballt. Genau in diese Beobachtungs-phase höre ich von rechts hinten einen gewaltigen Chor der mit dem Refrain „Club, Club, Club endet. Jetzt erkenne ich ein rot schwarzes Fahnenmeer, das sich sehr lautstark in Szene setzt.

Wesentlich klarer und melodischer, als der „Augschburger Gesang" rauscht der Klang des Fanchores über uns hinweg.

Vereinzelnde Konterattacken meines Augsburger Umfelds werden übertönt von der mächtigen Fränkischen Sanges Kraft. R4/S10 schreit ein „ihr windigen Nürnberger Würschtel" dem Gäste Block entgegen und betont den verbalen Angriff noch mit dem mehrmaligen Zeigen seines Mittelfingers. Animiert von der spontanen Reaktion dreht sich von R1/S1 bis R5/S25 (außer mir) die ganze Anhängerschar Richtung „Nürnberger Meistersänger" und versucht mit wilden Gesten und verschiedensten Schimpfwörtern dem Gesang Einhalt zu gebieten. Chancenlos wird wenig später die Störattacke beendet. Nur R3/S16 lässt sich nicht beirren und wettert weiter gegen den Gästefanblock. Die lautstarke Schimpfkanonade ist bestückt mit „Wixern und Hurensöhnen"! Nachdem er sein gesamtes Adrenalin aus geschüttet hat lässt er von dem Nürnberger Block ab und setzt sich auf seinen Platz, als ob nichts gewesen wäre.

In der Zwischenzeit hat sich R5/S13 einen neuen Becher mit Bier besorgt und so ist automatisch meine Aufmerksamkeit wieder Ihm gewidmet. Leicht wippend sitzt er neben mir und seine Augen sind zielgerichtet auf das Spielgeschehen fixiert.

Unglücklicherweise drängt der gastgebende FC Augsburg auf das Gästetor. Bei jeder Flanke, die in den Nürnberger Strafraum geschlagen wird, erhebt sich R5/S13 von seinem Sitz und hofft inbrünstig auf das erste Tor.

Um mich von dem in absehbarer Zeit aus dem Becher überschwappenden Bier zu schützen erhebe ich mich ebenfalls von meinem Sitz und schunkle im gleichen Rhythmus mit. Sekunden später trifft mich ein lauter Schrei von hinten R6/S14: „Hock di hie, du Hirsch i seh doch nix!"

Notgedrungen leiste ich der Anordnung Folge und setze mich. Durch den Befreiungsschlag eines Nürnberger Spielers, der den Ball auf die Tribüne drischt, nimmt sich R5/S13 endlich einen kräftigen Schluck aus seinem vollen Bierbecher. Erleichtert nehme ich zur Kenntnis das R5/S13 mit nur einem Zug seinen Becher fast geleert hat.

Ohne den Druck jederzeit von einer Bierdusche getroffen zu werden sehe ich entspann dem Treiben auf dem Rasen zu. Die Sprechgesänge im gesamten Stadion lassen langsam nach, da sich zwischen den beiden Bundesligisten nichts Erwähnens Wertes tut. Ein leichtes gribbeln meiner kalten Fußzehen erschwert das Beobachten im weiten Rund. Ein Blick auf den Thermometer, der minus 10 Grad anzeigt signalisiert mir, dass ich wohl bis zum

Spielende mit dieser unliebsamen Begleiterscheinung leben werde.

Fast erlösend ertönt der Halbzeitpfiff des in gelben Trikot pfeifenden Schiedsrichters. Zeitgleich erheben sich über 30.000 Zuschauer von ihren Plätzen und versuchen die so heißbegehrten Ausgänge zu erreichen.

Ich fühle mich wie ein Pinguin, der im „Watschelgang" zuerst von R5/S14 auf R5/S1 gelangt und wenig später 18 Treppen von einer Menschenmenge nach oben geschoben wird. Nach gefühlten 10 Minuten stehe ich wieder auf dem „Portal Block Z"! Sofort bilden sich unendlich lange Menschenschlangen, um die wenigen Verkaufsstände zu belagern und sich mit Essen und Trinken einzudecken.

Diese massenhafte Verköstigung reicht über die Halbzeitpause hinaus und so ist das Stadion bei Wiederbeginn zur Zweiten Halbzeit nicht ganz gefüllt. Diesmal sitze ich bereits auf R5/S14 als sich so langsam meine Mitstreiter wieder auf ihre Plätze begeben. Durch Aufstehen und leichtes nach hinten schieben, lasse ich von R5/S15 bis R5/S30 alle zu spät gekommenen gewähren.

Erleichtert nehme ich zur Kenntnis, dass sich R5/S13 noch nicht auf seinen Platz begeben hat. Mein Blick nach vorne auf das Spielfeld erkennt sofort das jetzt der FC Augsburg in weißer Spielkleidung auf unseren „Block Z'" angreift. Jetzt steht mit dem Nürnberger Torwart Raphael Schäfer der Keeper der Gäste unmittelbar vor uns.

Gab es in der Ersten Halbzeit meist nur aufmusternde Worte für den Augsburger Simon Jentsch so treffen jetzt ganz andere Wortkonserven an die Ohren von Raphael Schäfer. R4/S9, der die Nürnberger Gäste vor dem Wechsel nur mit „Wixer und Hurensöhne" herabwürdigte, setzte mit „Du saudummer Frankenbeitel" eine weitere Beleidigung hinterher.

Über mir fliegt ein weiterer Ausdruck mit "Schäfer du Arschloch" auf den Nürnberger Torhüters zu. Ich vermute, dass es R7/S15 war. Nach der ersten Augsburger Anfangsoffensive verlagert sich das Spiel-geschehen wieder auf das gesamte Spielfeld. Mit dem Verlieren der spielerischen Linie bekommt der FC Augsburg keine gefährliche Strafraumszenen mehr zu Stande.

Dieser Sachverhalt ermuntert den nach wie vor singenden Nürnberger Fangesang wieder lauter zu werden. Dieser imposante Gesang dominiert momentan die SGL Arena in Augsburg. Dem „Steht auf, wenn ihr Club Fan seid", folgen die im ganzen Stadion verstreut sitzenden Nürnberger Fans, indem sie lautstark mitsingen.

Zu unser aller Überraschung steht R3/S18 auf und beteiligt sich am Gesang der Gäste. Von nun an hat R3/S18 keine ruhige Minute mehr. Die bereits genannten Schimpfworte kommen im Sekundentakt aus dem gesamten „Block Z" auf den eher unscheinbar wirkenden jungen Club Fan zu. Das Werfen von leeren Bierbechern und Sitzkissen auf R3/S18 begleitet die Schimpfkanonade. Die in gelben Warnwesten gekleideten Ordner beäugen die Situation mit kritischen Augen, müssen aber nicht mehr eingreifen da sich nach einer geraumen Zeit das ganze wieder beruhigt hat.

Links neben mir erkenne ich eine leichte Unruhe. R5/S13 versucht jetzt, Mitte der Zweiten Halbzeit auf seinen Platz zu gelangen. Es fällt ihm schwer. Diverse Wortgefechte zwischen sitzenden Zuschauern und ihm haben meist beleidigte Züge. Und nun steht er da.

Wie befürchtet, rechts sein gefüllter Becher mit Bier, links eine in eine Serviette gewickelte Riesenbrezel und im Mundwinkel eine Zigarette. Um auf seinen Platz sitzen zu können frägt er mich, ob ich seinen Becher Bier halten könne. Er ergänzt die Bitte mit dem Zusatz, „aber nicht Trinken"!

Beidem werde ich gerecht und so wechselt meine Aufmerksamkeit vom Spielfeld zum wiederholten Male auf R5/S13. Seine gesamte Konzentration benötigt er jetzt für sich selbst, da ihm zuerst die Riesenbrezel aus der Hand und wenig später die Zigarette aus dem Mundwinkel fallen. R4/S13 hat großes Glück da der Glimmstängel von seinem Rücken auf den Boden fällt und kein Loch in seine Winterjacke brennt.

Das aufsammeln desselben gelinkt R5/S13 nicht mehr. Verärgert tritt er mit den Schuhen auf ihn und lässt die Tabakreste liegen. R5/S13 wird immer ruhiger und es verlassen nur sporadisch einige Beleidigungen seinen Mund.

Das Spiel verflacht mit zunehmender Spielzeit. In den nächsten Minuten wird es im Stadion immer ruhiger.

Beide Mannschaften sind wohl mit dem Ergebnis zufrieden und so schleppt sich das Bundesligaspiel eher schlecht wie recht in die Schlussphase. R5/S13 schläft jetzt und so kann ich ihm den Bier Becher aus der Hand nehmen und unter seinen Sitzplatz stellen.

Selbst der Applaus zum Spielende kann R5/S13 nicht wecken und so bleibt er nach unten gerichtet in seiner Schlafstellung.

Ein aufschlussreicher Sonntagnachmittag geht in der SGL Arena für mich zu Ende, bei dem ich wenig vom Spielgeschehen der höchsten deutschen

Fußballliga gesehen habe, dafür aber einen tiefen Einblick in die Fanszene bekommen habe.

P.S. Das Spiel zwischen dem FC Augsburg und dem 1.FC Nürnberg endete 0:0

Die Frage nach dem wahren Glück

Am Vorabend der Jahresabschlussfeier unseres Kulturvereins fehlte noch eine besinnliche und rührselige Weihnachtsgeschichte, um den Abend standesgemäß zu begehen. Spontan und ohne lange nachzudenken fing ich an zu schreiben. Nach drei Stunden war der Text fertig und ist jetzt so zu lesen.

Leicht frierend und etwas unsicher besteigt ein alter Mann in ärmlicher und abgegriffener Kleidung den Regionalzug von Salzburg nach München. Er ist über vierzig Jahre nicht mehr mit dem Zug gefahren. Und ohne Mithilfe eines Mitreisenden hätte er es heute wohl auch nicht geschafft. Beschwerlich war sein Weg von dem Bergbauernhof zum Bahnhof. Über fünfzig Meter stapfte er im meterhohen Schnee, bevor er die geräumte Straße erreichte, die ins Tal führte. Mit kleinen Schritten und gestützt auf einem Haselnussstecken bewegte er sich vorsichtig und langsam nach unten.

Mehrmals rutschten Ihm die Beine weg und so stürzte er auf die schneebedeckte Fahrbahn. Trotz dieser widrigen Umstände rappelte er sich immer wieder auf und setzte seinen Weg fort. Nach einer Stunde erreichte er etwas abgekämpft den Bahnhof. Die Sonne stand noch schräg am Himmel, als der Zug am späten Nachmittag in den Bahnhof von Freilassing einfährt.

Ein brauner, an den Rändern ausgefranster Filzhut bedeckt sein graues, lichtes Haar. So eine Kopfbedeckung tragen viele Menschen im Werdenfelser Land. Sein unrunder Gang wird von einem rustikalen Stock, den er in der rechten Hand hält, unterstützt. In der linken Hand trägt er fast schon etwas krampfhaft einen Karton, der mit zwei sich kreuzenden Hanfstricken zusammengehalten wird.

In der verbleichten und abgegriffenen Schachtel befindet sich eine Holzpuppe, die der Alte vor langer Zeit geschnitzt hat. Im Gefangenenlager in Sibirien hatte er trotz der unmenschlichen Behandlung und der schweren Arbeit immer wieder Zeit gefunden, aus einem Stück Holz ein persönliches Geschenk für seine Tochter zu schnitzen. Dass er aber ein ganzes Leben lang auf den Augenblick warten musste, konnte er damals nicht erahnen. Bevor der Zug den Bahnhof von Freilassung verlassen hat konnte er ein Abteil finden, in dem er allein ist. Nach dem Ablegen seines Lodenmantels setzt er sich fast schon prüfend auf den weich gefütterten Kunstledersitz.

Mit seinen faltigen und von vielen Schwielen befallenen Händen wischt er einen dreißig Zentimeter großen Kreis der beschlagenen Scheibe frei.

Draußen ist es bereits dunkel und so kann der Alte die lautlos vorbei streichenden Lichter der Einsiedlerhöfe beobachten. Seinen Hut hat er immer noch auf dem Kopf. Es ist der Tag vor Weihnachten und der Zug bringt ihn heute noch nach München. Dort erwartet ihn seine Tochter, die er seit den Kriegswirren im Jahre 1945 nicht mehr gesehen hat. Damals evakuierten die Behörden in München viele kleine Kinder auf das Land, um sie vor den täglichen Bombenangriffen zu schützen.

Durch den Tod ihrer Mutter und der Kriegs-gefangenschaft ihres Vaters wurde Magdalena dem roten Kreuz überstellt und kam dann zu Pflegeeltern, die dann bei Kriegsende nach Amerika auswanderten. Als der arme Leonhard, wie er im Dorf, von den Leuten genannt wurde, 1954 aus Russland von der Gefangenschaft zurückkam, erfuhr er vom Tod seiner Frau. Das Schicksal seiner Tochter war ihm nicht bekannt. Gerade deswegen hatte er den Traum aber nie aufgegeben, Magdalena noch einmal zu sehen. Diese Hoffnung war es, die ihn in der langen Zeit immer wieder die Kraft gab weiter zu Leben.

Leonhard arbeitete als Knecht auf einem einsamen Bergbauernhof. Seine schwere Arbeit und der Glaube an seine kleine Tochter, die er als dreijährige das letzte Mal gesehen hatte, prägten seinen täglichen Ablauf.

Was aber keiner wusste, war die Tatsache, dass sich Leonhard in der Stille der Bergwelt und dem Blumenzauber der Almen eine eigene Welt aufbauen konnte. Er war in der Lage seine Gedanken innerlich reell werden zu lassen. Und so verbrachte er tausende von Stunden in seiner wunderbaren, traumhaften Bergidylle, in der er seine Tochter mental immer bei sich hatte. Um aber ganz ehrlich zu sein, als er vor vier Wochen einen Brief aus Amerika erhielt, dachte er nicht an sie.

In dem handgeschriebenen herzergreifenden Schreiben, formulierte eine ihm eigentlich unbekannte Frau in einem gebrochenen Deutsch eine Lebensgeschichte, die er erst am Schluss verstehen konnte. Magdalena MC Namara hatte über Jahrzehnte recherchiert, um ihre Identität heraus-zu finden.

Glücklicherweise bekam sie über das internationale Rote Kreuz die Adresse ihres leiblichen Vaters. Und deswegen sitzt Leonhard heute in dem Zug nach München. In Gedanken und einer großen Vorfreude fährt er seinem Ziel entgegen.

In Bad Wiessee steigt ein junger Mann zu, der nobel und modern gekleidet ist. Nach einem kurzen Gruß setzt sich der Mitfahrer neben den alten Mann. Leonhard lässt sich nicht beirren und sinnierte so vor sich hin, als der aus einer besseren Gesellschaft stammende Mann das Wort ergreift. "Mein Name ist Richard Gier und ich hatte heute das Glück meines Lebens. Ich habe heute im Spielkasino 100.000 € gewonnen"! Mit den Worten will er seiner Geltung gerecht werden. Der Alte hört sich das an, ohne aber eine Regung zu zeigen. Sein junger Begleiter beobachtet den Alten, der keine Miene verzieht und nur so vor sich hinträumt.

Tiefe Furchen in seiner Haut die der Oberfläche eines Lederapfels sehr ähneln und die abgetragene Kleidung bestätigten dem Jungen seine Ein-schätzung, dass es sich hier um einen alten armen Menschen handelt. Er überlegt sich sogar, dem Alten ein bisschen Geld zu geben, lässt aber den Gedanken wieder fallen. Richard will sich gerade etwas entspannen, als er seine Augen schließt, um sich Gedanken über seinen heutigen Gewinn aus zu malen, als ganz plötzlich der Alte zu Sprechen beginnt.

"Ich werde heute noch einen Gewinn einfahren, der einhundert Mal so hoch ist wie der ihre!" Das macht den jungen schnell wieder hellhörig. "Was sagen sie?" Ja mein heutiger Gewinn ist, um ein Vielfaches höher einzuschätzen als der ihre."

Zuerst zögerlich, dann aber immer bestimmender erzählt der Alte dem Jungen seine Geschichte und je länger er spricht, desto mehr glänzen seine Augen, die aus zwei dunklen Vertiefungen herausleuchten.

Aber der Junge kann den Alten gar nicht verstehen, da es ihm an der nötigen Sensibilität fehlt. Sein Denken und Handeln sind nur auf Geld und Macht fixiert. Auf die Frage des Alten, wie er denn das Weihnachtsfest feiere, bekommt er eine überraschende Antwort. "Ich brauche diesen Heidenzauber Weihnachten nicht, und gehe deshalb heute Abend in eine Nobeldiskothek zum Abfeiern. Trotz der Antwort erzählt der Alte weiter über vergangene Festtage und bringt sein ganzes Herzblut ein, um Richard mit seinen Emotionen zu überschütten. Doch unter dem Erzählen erkennt der Alte, das Sein Gegenüber, der heute 100.000 € gewonnen hat, eigentlich ein ganz armer Mensch ist, da er keine Gefühle zeigen kann.

Bevor der Zug in den Hauptbahnhof in München einfährt, verabschieden sich die beiden. Richard Gier geht dieses Mal etwas nachdenklicher den Weg nach Hause.

Er kann das gesprochene Wort seines alten geheimnisvollen Mitfahrers nicht verstehen. Nur diese leuchtenden Augen lassen ihn heute nicht so schnell zur Ruhe kommen. Und zum ersten Mal hört er eine leise, klare Stimme in sich, die er nicht kennt. Unsicher dreht er sich im abendlichen Trubel der Maximilianstraße, um die Stimme deuten zu können. Es ist aber niemand da, dem er sie zu ordnen kann. Gedanklich verunsichert verliert sich wenig später seine Spur im weihnachtlichen Großstadtgetümmel. Der alte Leonhard, den seine Mitmenschen im Werdenfelser Land auch Träumer nennen, ist an diesem Abend einer der reichsten Menschen auf der Welt.

Nicht nur die Freude, dass er sich heute mit seiner Tochter trifft, die er sein ganzes Leben lang nicht gesehen hat, nein, auch die Erkenntnis, dass ein reicher Mann eigentlich ganz arm sein kann, bestätigt sein bisher gelebtes Leben. Nach dem der Zug zum Stehen gekommen ist steigt der Alte aus dem Wagon und geht wie ferngesteuert durch ein Gewirr von wartenden Menschen zu einer kleinen, zierlichen Frau, die in ihrer Hand ein kleines amerikanisches Fähnchen hält.

Obwohl der gebrechliche Leonhard seine Tochter Magdalena über sechzig Jahre nicht gesehen hat, erkennt er sie sofort wieder, denn sein Vorstellungsvermögen deckt sich komplett mit der Realität. Sehr herzhaft, unheimlich gerührt nehmen sich die beiden in den Arm und halten sich eine ganze Weile, ohne ein Wort zu sprechen.

Das abgegriffene Soldaten-foto, dass sie in ihrer Hand hält und auf dem ihr Vater als schneidiger junger Soldat zu sehen ist, wird von vielen gemeinsamen Freudentränen zärtlich gestreichelt. Diesen rührseligen und warmherzigen Anblick können alle Reisenden beobachten, die im Zug verblieben sind und ihre Reise kurze Zeit später fortsetzen und so langsam in der Dunkelheit verschwinden.

Der Prozess

Bei einem feucht fröhlichen Treffen mit meinen alten Schulfreunden im Kloster Andechs wurde ich nach dem Genuss von mehreren Maß Bier von meinem Freund Rainer mit folgendem Wunsch konfrontiert. „Mensch Hubbe, kannst du nicht einmal eine Geschichte schreiben, in der ich mit meinem vollständigen Namen vorkomme?" Anbei die passende Antwort!

Das Schwurgericht, das mit fünf Richtern besetzt war, hatte nun die schwere Aufgabe, über den außergewöhnlichen Fall zu verhandeln und am Ende Recht zu sprechen. Den Vorsitz hatte Richter Karlheinz Schweier, ein Jurist, der bei vergangenen Verfahren, mehrmals die vom Staatsanwalt geforderte Höchststrafe noch nach oben korrigierte. Ihm zur Seite wurden zwei weitere Berufsrichter gestellt. Richter Walter Beistle und sein Kollege Sven Neuhaus. Vervollständigt wurde das Gremium durch die Laienrichter Kaspar Reiß, der im normalen Berufsleben einen landwirtschaftlichen Betrieb leitete und Peter Naumann ein Angestellter eines Mittelständischen Betriebes.

Punkt zehn Uhr eröffnete der Vorsitzende Richter Karlheinz Schweier den Prozess. Er überprüfte die Anwesenheit der geladenen und forderte alle Beteiligte auf den Prozess nicht durch Zwischenrufe und Unruhe zu stören. Nach dem er noch einige organisatorische Details angesprochen hatte, las er die dem Beschuldigten Hubert Berger zur Last gelegten Anklagepunkte vor. Die Ausführungen, die in kurzen, harten Sätzen an die Ohren der anwesenden gelangten hatten eine besondere Klarheit. Dem Vorsitzendem Richter Karlheinz Schweier gelang es auf Grund seiner Art des Vortrages die Anwesenden in eine leichte Spannung zu versetzen.

Nach fünfzehn Minuten war die Schilderung des Tatherganges beendet. Bevor er dem Ober-staatsanwalt Jürgen Schrepfer das Wort erteilte, um die Anklageschrift vorzulesen, gab er noch eine Vorschau für das laufende Verfahren.

Es sind achtzehn Verhandlungstage für den Fall vorgesehen, in dem wir zweiundzwanzig Zeugen, zwei Sachverständige und einen Physiologen hören werden.

Die Anklagebank nahm die Worte vom vorsitzenden Richter ohne Regung hin. Huberts Pflichtverteidiger

Rainer Knie notierte sich auf seiner Vorlage ein, zwei Notizen. Hubert Berger war von der großen Kulisse schon etwas überrascht, denn der Gerichtsaal war bis zum letzten Platz gefüllt. Innerlich hatte er schon ruhigere Tage erleben dürfen. Nach außen hin war ihm aber keine Regung anzusehen und mit seinem grauen Anzug und mit seiner Anthraziten Krawatte wirkte er eher wie ein schüchterner, unbescholtener Bürger, als ein Mörder.

Die Worte des Richters hat er wahrgenommen, nur konnte er sie nicht richtig einschätzen. Er war innerlich leer. Seine Gedanken schwirrten überall umher, ohne sich eines Themas konkret an zu nehmen.

Fast etwas erschreckt reagierte er, als sein Pflichtverteidiger Rainer Knie auf die Frage des Vorsitzenden Richter, „Möchte sich der Angeklagte zu den Punkten der ihm zur Last gelegten Tat, äußern?" antwortete, „Ja Herr Richter, mein Mandant möchte zu der ihm zur Last gelegten Tat etwas sagen."

Die Anklagebank befand sich genau in der Mitte des freien Raumes, vor dem etwas erhöhten, Richter-tisches. Der Tisch der Anklage, vertreten durch den Oberstaatsanwalt Jürgen Schrepfer stand im Winkel von neunzig Grad zu dem der Verteidigung in fünf

Meter Entfernung. Diese Konstellation hatte zur Folge, dass der Oberstaatsanwalt Jürgen Schrepfer, den Angeklagten Hubert Berger immer im Blickfang hatte und so jede Unsicherheit sofort wahrnehmen konnte.

Nach der Belehrung des Richters, nur Wahrheit zu erzählen, begann der Oberstaatsanwalt Jürgen Schrepfer mit seinen Ausführungen, die den kompletten Tathergang noch einmal in allen Einzelheiten aufzeigte. Dem Angeklagten lief es eiskalt den Rücken hinunter, als er zum ersten Mal die minutiöse Schilderung vom Tathergang über sich ergehen lassen musste und diese auch reell zu begreifen begann. Er verlor zwischen durch die Fassung. Dies konnte man am besten erkennen, wenn man etwas tiefer in seine Augen gesehen hätte. Eine Träne saß schon auf der Pupille und es hätte nicht viel gefehlt und diese wäre auf seine Wange gefallen.

Gerade konnte er diese noch mit der Hand abstreifen. Oberstaatsanwalt Jürgen Schrepfer beendete seinen einstündigen Monolog mit den Worten „Durch diese lang vorbereitete und kaltschnäuzig ausgeführte Tat werden wir sie Herr Hubert Berger des brutalen Mordes an Herr Doktor Motzen in dem Gerichtssaal überführen und ihnen eine angemessenen Strafe zu Teil werden lassen."

Dem Oberstaatsanwalt ist es in seinem Eröffnungsplädoyer ausgezeichnet gelungen die Anwesenden von der Schuld des Angeklagten zu überzeugen. Hubert Berger war von dem Vortrag des Oberstaatsanwalts ebenfalls beeindruckt und er musste jetzt schnell umdenken und das Gehörte schnell verarbeiten, denn jetzt konnte er auf die Fragen seines Pflichtverteidigers, Anwalt Rainer Knie antworten.

Auf Grund einer so eindeutigen Beweislage verzichtete der anklagende Oberstaatsanwalt Jürgen Schrepfer auf eine Befragung des Täters. Anwalt Rainer Knie stand von seinem Platz auf und stellte sich in die Mitte des Raumes, um besser mit allen Beteiligten kommunizieren zu können. Knapp einen Meter achtzig groß, schlank mit vollem, leicht gelocktem Haar stand er jetzt im Mittelpunkt des Verfahrens.

Neben seinem positiven optischen gesellte sich noch eine angenehme Ausstrahlung dazu, die alle im Gerichtssaal befindlichen bald in seinen Bann ziehen sollte.

Er widersprach den Ausführungen des Oberstaatsanwalts in keiner Weise. Er bestätigte den Tathergang, der auch von allen unumstritten so gesehen wurde. Sehr behutsam lenkte er seine Worte langsam in eine andere Richtung, ohne dass dies dem

Gericht sofort bewusstwurde. Hubert Bergers Pflichtverteidiger ging mit seinen Ausführungen einige Jahre zurück, genauer gesagt bis zu dem Zeitpunkt, als der Angeklagte von seinem Amt als Personalvorsitztender zurückgetreten ist.

„Herr Berger, schildern sie uns bitte die letzten Jahre ihrer Tätigkeit in der sie als Personalvorsitzender in dem Unternehmen arbeiteten". Hubert begann mit einer leisen, leicht zittrigen Stimme. Im Mittelpunkt seiner Ausführungen standen hauptsächlich die Forderungen der Geschäftsleitung, den Kollegen Mehrarbeit ohne Lohnausgleich aufzubürden. Die Verhandlungen über die Mehrbelastung, zogen sich über vier Jahre hin, ohne dass Hubert und seine Personalratskollegen einwilligten. Geschäftsführer Doktor Motzen sprach jedes Jahr von einem Verlust von über drei Millionen Mark, für das Unternehmen. Wäre es Doktor Motzen damals gelungen seine Forderung durchzusetzen, dann hätte er und das Unternehmen eine wesentlich bessere Bilanz aufweisen könne.

Die Bilanzen waren in den Jahren auch positiv gewesen, nur nicht in dem Maße. „Euer Ehren sie können sich vorstellen, dass bei solchen Summen der Druck auf meine Person enorm angestiegen ist", mit diesen Worten sprach er zum ersten Mal den Vorsitzenden Richter Hans Rau direkt an.

Da es aber meine Aufgabe war, die Arbeit-nehmerrechte zu verteidigen gab es für mich gar keine andere Wahl, als mich den Forderungen zu widersetzen.

Es kostete sehr viel Kraft mich den ständigen Attacken zu widersetzen, zumal man einige Mitglieder des Personalrates systematisch gegen mich aufgehetzte und diese mit außergewöhnlichen Gehaltserhöhungen mehr Geld zukommen ließ". Nach drei Jahren hatte es die Geschäftsleitung tatsächlich geschafft eine Mehrheit im Personalrat zu bekommen, obwohl die Gesetzeslage es normaler-weise nie zulassen würde. Doktor Motzen bezifferte den Verlust damals für das Unternehmen auf über neun Millionen Mark und dafür konnte er schon mal einigen Kollegen ein kleines Präsent in Form von einigen Scheinen in die Tasche schieben. "Mir selbst wurde über Mittelsmänner eine fünfstellige Summe angeboten, die ich aber ohne nachzudenken sofort ablehnte.

Drohungen. üble Nachreden und weitere kriminell anmutende Anfeindungen musste ich noch über mich ergehen lassen. Zum Schluss war der Druck so angewachsen, dass ich ihn nicht mehr aushalten konnte und mich deshalb nicht mehr für die Neuwahlen des Personalrates bewarb". „Wie ist ihnen der Übergang vom Personalratsvorsitzenden zu ihrer neuen Tätigkeit gelungen?" Herr Berger.

Mit dieser Frage lenkte Anwalt Knie den Themenkomplex in jene Richtung, in der Huberts Martyrium eigentlich begann. „Der fachliche Übergang in meinen neuen Job ist ganz ordentlich gelungen.

Nach einigen Wochen war ich in der Lage meine umfangreiche Tätigkeit allein zu bewerkstelligen. Mein Selbstvertrauen ist auch in der Zeit enorm angestiegen. Was ich am Anfang gar nicht bemerkt habe waren die kleinen Sticheleien, die mir gegen über immer öfter angewandt wurden. Erst später bemerkte ich, dass da eine gewisse Strategie da hinter stand. Es wurde getuschelt, ja man munkelte in kleinen Gruppen hinter meinen Rücken über Themen, die weder eine große Gewichtung hatten noch von einer anderen Seite für das Unternehmen wichtig gewesen wären. Erst viel später erfuhr ich, dass diese bewusst indizierten Themen von Herr Doktor Motzen und seinen Bereichsleitern ins Leben gerufen wurden, um meine Person zu schwächen".

„In welcher Form haben sie davon erfahren?", mit diesen Worten unterbrach Huberts Pflichtverteidiger Rainer Knie seinen Mandanten. „Frau Simone Sikorsky, die Frau des Bereichsleiter, rief mich eines

Abends zu Hause an und erzählte mir, dass ihr Mann in den letzten Tagen mehrmals meinen Namen nannte.

Im Verlauf ihrer Schilderung waren immer häufiger die Worte, „den machen wir fertig, den machen wir das Leben zur Hölle, den mobben wir raus, zu hören". Ich konnte es am Anfang gar nicht glauben und nur durch gezieltes Nachfragen kam ich auf den Grund.

Durch meinen jahrelangen Widerstand, der keine kostenlose Mehrarbeit meiner Kollegen zuließ, verlor das Unternehmen eine große Menge Geld. Da mein Nachfolger Peter Trom als seine erste große Amtshandlung die acht Stunden Mehrarbeit im Monat ohne Lohnausgleich mit der Geschäftsführung einführte, war klar, dass das Unternehmen jetzt noch gewinnbringender am Markt präsent war.

Natürlich auf Kosten der vielen Mitarbeiter im Unternehmen. Wie mir Simone, wir kannten uns gut aus der Zeit, in der in noch den Vorsitz im Personalrat hatte, weiter mitteilte, war das der Startschuss, in der man meine Person im Unternehmen vernichten wollte. Hättest du vor Jahren auf die Forderung des Unternehmens reagiert, dann wäre der Alte, so nannte Simone, Doktor Motzen immer, in den Kreis derer gelangt, die sich um den begehrten Titel, Manager des Jahres bewarben".

Mit „du kennst ihn ja" und einem lieben Gruß verabschiedete sie sich von mir. Seit diesem Anruf war es nicht mehr so wie vorher. Auch das Misstrauen gegenüber meinem Umfeld stieg im Laufe der Zeit immer mehr an. Viele normale Formulierungen hinterfragte ich ohne Grund, Eine gewisse Unsicherheit begleitete jetzt mein Leben. Ich schottete mich immer mehr ab. Ich war nicht mehr der, der ich einmal war. Am meisten litt meine Frau an der neuen Situation. Auch ihr gegenüber konnte ich mein Misstrauen nicht verbergen und brachte sie deshalb oft in eine schwierige Lage. Statt sie als meine „einzige Verbündete" anzusehen, vergraulte ich sie oft, indem ich ihr sinnlose Vorhaltungen machte und ihr auch eine gewisse Mitschuld meiner momentanen Situation einräumte. Nach einem knappen Jahr wurde unsere Ehe dann auch folgerichtig geschieden."

Den letzten Satz konnte er nur noch unter Tränen zu Ende bringen. Pflichtverteidiger Rainer Knie übernahm wieder die Wortführung und schilderte die bereits zu Protokoll gegebenen Schilderungen seines Mandanten. In dieser Zeit konnte sich Hubert wieder etwas erholen.

Der Anwalt griff immer dann in die Zeugenaussage ein, wenn er das Gefühl hatte, dass sich sein Mandant Hubert Berger zu sehr in Gefühle verstrickte. Im weiteren Verlauf des Prozesses äußerte sich Hubert Berger über die folgenden Jahre seines immer belastenden werdenden Lebens im Unternehmen.

„So nach und nach wurden mir immer mehr meine Kompetenzen eingeengt. Konnte ich anfangs noch Bestellungen über einen Betrag von einhunderttausend Euro selbstständig handhaben, so musste ich jetzt diese von meinem Vorgesetzten abzeichnen lassen. Ähnlich verlief auch das Eingrenzen meines Tätigkeitsfeldes auf die Hälfte des ursprünglichem. Tägliche Vorhaltungen garnierten den mittel weile sehr tristen Arbeitsablauf. Dieser sah in der Regel so aus, dass mir bei jeder Tätigkeit großes Interesse von vielen entgegengebracht wurde, auch von Kollegen, die ein ganz anderes Aufgabengebiet zu betreuen hatten.

Diese neutralen Zuträger brachten dann ihre Ergebnisse zur richtigen Zeit am richtigen Ort zum Besten. Meist erfolgte zeitnah ein Anruf von Herr Doktor Motzen, indem er, ohne sich des geschilderten Vorwurfes zu vergewissern mich lautstark beschimpfte und ohne, dass ich mich äußern konnte, den Hörer auflegte. Das schlimme daran war immer, dass sich nicht verteidigen können.

Nach solchen Anrufen war der Arbeitstag immer gelaufen." Was meinen sie mit, da war der Arbeitstag schon gelaufen", mit den Worten unterbrach der Pflichtverteidiger seinen Schützling Hubert Berger ein weiteres Mal. „Nach solch einem Gespräch zitterte ich am ganzen Körper, ein Schweißausbruch kam nach dem anderen und die Konzentration auf meine Tätigkeit ging verloren. An solchen Tagen sehnte ich dem Feierabend entgegen." „Wie verhielten sich ihre Kollegen bei solchen Attacken?", hakte Anwalt Knie nach. „Sie ignorierten die Vorfälle, sie taten so, als ob nichts geschehen wäre". „Gab es weitere Vorfälle, in denen sie schikaniert worden sind" wollte Huberts Pflichtverteidiger von dem Angeklagten erfahren. „ Ja, bei dem letzten Geschäfts-jahresabschlussessen vor drei Jahren, an dem ich das letzte Mal teilgenommen hatte, wurde ich von Herrn Doktor Motzen, nach der Schilderung einer lustigen Geschichte, die ich anlässlich meines vierwöchigen Urlaubsaufenthaltes in Australien erlebt hatte, auf eine sehr rustikale Art unterbrochen. Kurz bevor ich das Erlebte zu Ende geschildert hatte, fiel er mir sehr laut ins Wort. Mit den Worten," Mensch Berger, ziehen sie doch nicht so eine Show ab, schauen sie lieber, dass sie die nächste

Lieferung nach Australien nicht wieder in den Sand setzen, sie Schwächling!"

Die doch lockere Stimmung kippte von einer Sekunde auf die andere um. Es war still, keiner brachte nur einen Laut heraus und mit der Situation konnte keiner der Anwesenden richtig umgehen. Ich glaube sogar, dass es selbst dem Doktor Motzen nicht ganz wohl war.

Des Weiteren möchte da nur noch hinzufügen, dass ich bei meiner Tätigkeit nie mit Lieferungen nach Australien zu tun hatte. Und danach kam es wieder. Das Zittern am ganzen Körper, das Schwitzen, gegen das ich nichts entgegen zu setzen hatte. Ich war wie gelähmt, alle Augen waren auf mich gerichtet, meine Unsicherheit verstärkte sich noch weiter, indem ich nicht mehr in der Lage war auch nur ein Wort aus meinem Mund heraus zu bringen".

Der Rest der Schilderung wurde schon von einigen Tränen begleitet, als Hubert Berger am Ende voll die Fassung verlor und nun vollkommen in sich zusammenbrach und nur durch leises zureden seines Verteidigers wieder den Kopf aufrichten konnte. Auf den Zuschauerbänken ist es auch auf einen Schlag ganz, ganz ruhig geworden und die Stimmung des Angeklagten schwappte so langsam auf die Zuhörer über.

Mitten in diese Ruhe hinein forderte Hubert Bergers Pflichtverteidiger Rainer Knie, mit einer festen tiefen Stimme, eine Vertagung der Verhandlung auf den morgigen Tag.

Der Vorsitzende Richter Karlheinz Schweier stimmte der Bitte des Anwalts zu, stellte aber dem Angeklagten noch einige Fragen. Angeklagter, warum haben sie sich niemanden anvertraut? Warum haben sie mit niemanden über ihre Probleme gesprochen? Waren sie beim Personalrat?" „Ich konnte mit keinem Menschen sprechen, es gab niemanden in meinem Umfeld, dem ich mich anvertrauen konnte.

Und zum Personalrat zu gehen, dass, ja das wäre wohl so gewesen, als hätte ich meine Geschichte einem Zeitungsreporter gegeben. Nein, das konnte ich auf gar keinen Fall." Nach den Antworten des Angeklagten beendete der Vorsitzende Richter Karlheinz Schweier die Anhörung und setzte für Morgen zehn Uhr den zweiten Verhandlungstag an. So einen emotionalen Beginn hatte wohl keiner der Anwesenden im Vorfeld erwartet. Der deutsche Blätterwald war am nächsten Morgen mit großen Buchstaben auf der ersten Seite, fast ausschließlich mit dem Thema präsent. Durch die steigenden Zeitungsauflagen nahm auch das Interesse der Bevölkerung weiter zu.

Hubert Berger war an dem Abend müde, Die große emotionale Aufregung hatte doch viel Kraft gekostet. Er war innerlich leer. Er hatte Angst, dass nachts wieder Erinnerungen von früher, seinen Schlaf stören könnten.

Die Schilderung vor Gericht ist ihm doch sehr nahe gegangen und darum war er erleichtert, als sein Pflichtverteidiger ihn noch spät am Abend in seiner Zelle besuchte. Sie besprachen den vergangenen Verhandlungstag und klärten anschließend noch einige Details für den morgigen Tag. Als Rainer Knie nach zwei Stunden Huberts Zelle wieder verlassen hatte, ging es Hubert schon ein wenig besser. Die Nacht konnte er den Umständen entsprechend gut hinter sich bringen. Gestört wurde nur von Geräuschen aus dem angrenzenden Zellentrakt.

Die von ihm so gefürchtete „innere Stimme" meldete sich in dieser Nacht nicht mehr. Als der Angeklagte dann gegen zehn Uhr wieder vor seinen Richtern saß, machte er einen gefestigten Eindruck und der war nicht vergleichbar mit seinem gestrigen Abgang.

Nach der Begrüßung und dem Feststellen der Anwesenheit von den geladenen Zeugen, wandte sich der Vorsitzende Richter Karlheinz Schweier wieder dem Angeklagten zu. „Herr Berger, wie oft wurden sie von Doktor Motzen in solche oder ähnliche Situationen gebracht, die sie uns gestern geschildert haben?" " Herr Richter, Euer Ehren", mit den Worten antwortete der Angeklagte etwas unsicher auf die Frage. "Diese Aktionen nahmen immer mehr zu und sie wurden nicht nur von Doktor Motzen injiziert.

Die ganzen Bereichsleiter hatten mittlerweile einen Gefallen daran gefunden mich in irgendeiner Weise zu demütigen. Es waren oft nur belanglose Sachen, wie zum Beispiel meinen Ergebnissen einen Zahlendreher bewusst einzubauen, vorgegebene Abläufe hinter meinem Rücken zu ändern und mich dann dafür verantwortlich zu machen. Das Ganze ging dann soweit, dass wenn mein Name in irgendeinem Zusammenhang erwähnt wurde, ich automatisch als Sündenbock abgestempelt wurde. Das schlimme dabei ist, dass man sich dann selbst auch nicht mehr vertraut und seine Sicherheit so langsam verliert, die eigentlich die Basis des täglichen Schaffens darstellt".

„Wie gingen sie mit den von ihnen geschilderten Geschehnissen um", unterbrach ihn der Vorsitzende Richter Karlheinz Schweier. „Ich fand kein Mittel mich dagegen zu wehren. Mein Misstrauen allen Menschen gegen über nahm von Tag zu Tag weiter zu. Selbst meiner Frau, meinen besten Freunden und vielen guten Bekannten konnte ich nicht mehr trauen.

Zu Hause machte es sich so bemerkbar, dass ich immer eifersüchtiger gegen über meiner Frau wurde, obwohl sie mir gar keinen Grund geliefert hatte es zu sein. Ihre Taschen wurden hinter ihren Rücken von mir durchsucht, ihr Handy-abrechnungen habe ich nach möglichen Nummern von Liebhabern ausgedruckt! Meinen Freunden und Bekannten erging es ebenso.

Dass hatte natürlich zur Folge, dass ich so nach und nach niemanden mehr an meiner Seite hatte, mit dem ich mich bei schwierigen Themen austauschen konnte. Und in dieser Zeit hätte ich wahrlich jemand an meiner Seite brauchen könne, an den ich mich anlehnen hätte können. Heute komme ich mir so armselig vor, wenn ich an die Zeit zurückdenke. Das war nicht mehr der alte Hubert, nein, ich war zu der Zeit ein arrogantes Arschloch!" Huberts Pflicht-verteidiger unterbrach den Angeklagten, indem er noch einmal alles, was am heutigen Tag von seinem Mandanten gesprochen wurde, noch einmal zusammenfasste.

Der Hauptgrund seines Einspruchs, war eigentlich das Erkennen der emotionalen Richtung, die wieder so langsam von Hubert Besitz ergriffen hatte. Nach dem ihm das mit der Aktion gut gelungen war, stellte nun er seinerseits Fragen an ihn." Herr Berger, wie verlief ihr, dass, zu diesem Zeitpunkt schon etwas aus dem Ruder gelaufene Leben dann weiter?". Das Misstrauen, dass ich am Tage empfunden habe verfolgte mich bis in die Nacht hinein. Es dauerte lange bis ich meine Augen schließen konnte. Kaum war ich eingeschlafen, wühlten mich meine Träume wieder wach.

 Diese anfangs unruhigen Schafstörungen steigerten sich in den nächsten Wochen und Monaten immer mehr, bis mich schließlich jede Nacht mindestens ein Alptraum zur Verzweiflung trieb. Am Tage war ich dann wie gerädert, ich konnte immer weniger meine Leistung im Unternehmen einbringen. Die Fehlerquote stieg jetzt immer mehr. Parallel dazu wurde hinter meinem Rücken jede falsche Entscheidung besprochen.

Die täglichen Spitzen von seitens Herrn Doktor Motzen taten ein Übriges. Ich hatte zu dem Zeitpunkt eine sehr große Angst in die Arbeit zugehen, da ich genau wusste, dass jeder Tag von großen Demütigungen geprägt sein würde. Herr Richter, was mich aber noch mehr fertig machte, war die Tatsache, dass ich genau die gleiche Angst hatte, um nach Hause zu gehen. Zu Hause kam mir das Geschehene wieder voll ins Bewusstsein und dieser innere Unruheherd quälte mich noch mehr, wie das in der Realität erlebte.

Der Zustand steigerte sich dann soweit, bis ich keine Kraft mehr hatte mich gegen den fortlaufenden Gegenwind zu wehren. In der Nacht, bevor ich auf Doktor Motzen den tödlichen Schuss abgegeben hatte, konnte ich einfach nicht mehr. Ich zitterte am ganzen Körper, ich musste weinen, ich konnte keinen einzigen normalen Gedanken mehr fassen. Und als mir am frühen Morgen der Gedanke mit der Pistole in den Sinn kam, sah ich am weiten Horizont endlich wieder ein kleines Licht.

Von dem Augenblick an, konnte ich meinen Körper nicht selbst steuern. Meine innere Stimme, die mich so lange gequält hatte und mich an den Rand eines Suizids gebracht hatte, nahm jetzt voll Besitz von mir. Es war keine Gegenwehr mehr vorhanden und so ließ ich es über mich ergehen.

Es lief wie in einem Film ab, in dem mir das Ende bereits am Anfang klar war. Wie von Geisterhand geführt beendete ich mein Martyrium mit dem Schuss auf Doktor Motzen". Euer Ehren, meine Damen und Herren," mit diesen Worten ergänzte Huberts Pflichtverteidiger Rainer Knie, das soeben gehörte, „wie weit kann man einen Menschen demütigen, verleugnen, verleumden, bis er letztlich keinen Ausweg mehr sieht und selbst zu einem schrecklichen Verbrechen fähig ist. Die Schilderung meines Mandanten hat ihnen einen kleinen Einblick in sein Seelenleben erlaubt, dass, ja das eigentlich gar nicht mehr in der Lage war, zu unterscheiden, ob man letztlich etwas Gutes oder etwas Schreckliches erlebt oder begangen hat.

Das defekte Innenleben von Hubert Berger wird ihnen der Leiter der Psychiatrie, Doktor Lüdenscheid später als Sachverständiger näher erläutern". Im Gerichtssaal war es mittlerweile ganz ruhig geworden.

Viele Zuhörer konnten sich in den Angeklagten hineinversetzen und das erlebte in vielen Passagen nachvollziehen. Einige von den Anwesenden hatten ähnliches schon erlebt und so kam eine besondere Stimmung in dem Gerichtssaal des Schwurgerichts auf. Diese wurde ruckartig vom Oberstaatsanwalt Jürgen Schrepfer unterbrochen. „Angeklagter Hubert Berger sie wollten uns da eine Geschichte auftischen, die sie in ihrem Inneren frei erfunden haben.

Alle Bereichsleiter des Unternehmens haben bei ihrer Zeugenbefragung in keinster Weise auch nur ansatzmäßig das bestätigt, was sie uns heute so ergreifend erzählt haben. Hubert Berger, in meinen Augen sind sie ein Mörder, der sein Verbrechen penibel geplant und vorbereitet hat und es dann später kaltblütig ausführte. Ich werde es ihnen und dem Gericht beweisen, dass sie schuldig sind und so auch verurteilt werden".

Etwas ruhiger, aber fast schon ein bisschen ironisch fragte der Vorsitzende Richter Karlheinz Schweier den massiv eingeschüchterten Angeklagten: „ Herr Berger, was sagen sie zu dem, was uns der Oberstaatsanwalt versucht hat klar zu machen? , oder einfacher gesagt, kann es sein, dass sie sich die ganze Geschichte nur erdacht haben?" „Einspruch euer Ehren, mein Mandant hat die Tat nie bestritten und ob die Aussage vom Angeklagten der Wahrheit entspricht, wird diese Verfahren schon an den Tag bringen"."

Herr Berger, das heißt für mich, dass sie bei ihrer Version bleiben". „Ja, Herr Richter", kam es kurz aus Huberts Mund. Kurz danach vertagte der Vorsitzende Richter Karlheinz Schweier die Verhandlung auf den Nachmittag.

Das war der Beginn der Zeugenbefragung. Hubert hatte jetzt über drei Stunden Zeit, sich über den vergangenen Vormittag Gedanken zu machen. Er wurde in eine kleine Zelle im Schwurgericht gebracht. Zudem gab es einen Teller Erbsensuppe mit zwei Stück Brot zu essen. Er war innerlich noch zu aufgekratzt, um schon ein endgültiges Resümee ziehen zu können.

Was ihn aber sehr getroffen hatte, war die aggressive Anrede des Oberstaatsanwalts und da passte es gut, dass Huberts Pflichtverteidiger Rainer Knie auf einmal in der Türe stand, die von einem Justizbeamten geöffnet wurde.

„Herr Berger, wie fühlen sie sich?", mit diesen Worten wollte der Anwalt seinen Mandanten etwas beruhigen. Ihm war auch aufgefallen, dass Hubert am Ende seiner Ausführungen vor dem Gericht seine Ruhe etwas verloren hatte.‘ Sie haben es gut gemacht" fuhr der Pflichtverteidiger sofort weiter, ohne auf die Antwort seiner Begrüßung zu warten. Hubert richtete sich an den Worten seines Verteidigers wieder auf. „Wie stehen meine Chancen Herr Knie?", „es läuft so, wie ich mir das vorgestellt habe.

Das Gericht hat keine neuen Erkenntnisse feststellen können! vertrauen sie mir Herr Berger, wir ziehen unser Konzept von A bis Z durch, ohne auch nur einen Zentimeter davon abzuweichen. Wichtig ist, dass wir nur das Nötigste zur Sache aussagen. Der Oberstaatsanwalt wird heute Nachmittag vier Zeugen der Anklage vorladen, Herrn Häberle, Herrn Stein, Herrn Köpping und Herrn Burschy, wir werden ihren Kollegen Herrn Ossi Brück heute dagegensetzen.

Herr Berger, sie werden heute voraussichtlich Aussagen von den Zeugen des Oberstaatsanwalts hören, die wohl in ihren Augen nicht immer der Wahrheit entsprechen werden. Auch wird man versuchen, sie zu provozieren! Bitte tun sie mir den einen Gefallen, ignorieren sie alles, und wenn ich sage alles, dann meine ich das auch so. Bitte gehen sie auf nicht von dem ein, was sie heute hören werden.

Dieser Nachmittag gehört der Staatsanwaltschaft, denn die besagten Herren werden ihre abgestimmten Aussagen genauso wiederholen, wie sie es bei der Vernehmung durch die Polizei bereits getan haben. Selbst wenn der Tag heute Abend zu Ende geht und wir in eine schlechtere Situation gelangen, werden wir nicht von unserem Plan abweichen. Und wenn uns das gelingt, dann schaffen wir es auch, die Wahrheit vor der Öffentlichkeit zu beweisen". Die Worte kamen zur rechten Zeit. Hubert war wieder voll motiviert, den Kampf gegen das „Ungerechte" wieder aufzunehmen. Hubert und sein Pflichtverteidiger Rainer Knie sprachen noch einige Details für den am Nachmittag weiter gehenden Prozess ab. Voll entschlossen und innerlich sehr aufgeräumt wurde Hubert Berger gegen Vierzehnuhr wieder in den Gerichtssaal geführt. Er nahm neben seinem Anwalt Platz und wartete auf das Hohe Gericht. Das

Aufstehen aller am Prozess beteiligten Personen signalisierte das Erscheinen der fünf Richter. „Bitte nehmen sie Platz", mit diesen Worten begann der Vorsitzende Richter Karlheinz Schweier den zweiten Teil des heutigen Tages.

„Ich darf den Oberstaatsanwalt bitten seinen ersten Zeugen zu benennen". „Hohes Gericht, ich bitte Herrn Emanuel Burschy in den Zeugenstand". Ein Justizbeamter begleitete den Belastungszeugen der Staatsanwaltschaft an den mit fünf Richtern besetzten Tisch.

Herr Emanuel Burschy wurde vom Vorsitzenden Richter Karlheinz Schweier belehrt nur die Wahrheit zu sagen und nur, wenn er sich selbst belasten würde die Aussage verweigern könnte. „Herr Burschy bitte erzählen sie dem Gericht das Verhältnis zwischen dem Opfer, Herrn Doktor Motzen und dem Angeklagten, Herrn Hubert Berger. Gab es Auffälligkeiten?

Hatten sie in der Vergangenheit Vorfälle beobachtet, die mit der Tat in einen Zusammenhang gebracht werden könnten? Bitte schildern sie uns ihre persönlichen Eindrücke." „Hohes Gericht, meine Herrn Anwälte, liebe Prozessbeobachter", ich arbeite bereits über vierzig Jahre in dem Unternehmen". Mit der Einführung begann Bereichsleiter Emanuel Burschy seine Schilderung über sein Berufsleben. In seiner Schilderung holte er sehr weit aus und plauderte über alte Zeiten, die aber vom Vorsitzenden Richter Karlheinz Schweier mehrmals unterbrochen wurde, um das Ganze nicht unnötig in die Länge zu ziehen.

Inhaltlich ergaben sich keine Neuigkeiten und so beendete der Richter seine Fragestellung mit den Worten: „Herr Oberstaatsanwalt Jürgen Schrepfer, ihr Zeuge. „Herr Burschy, wir haben ihre Aussage gehört und ich möchte nur noch einmal auf das wesentliche kommen. Haben sie jemals ein unkorrektes Verhalten von Seiten Doktors Motzen gegen über dem Angeklagten Herrn Hubert Berger wahrgenommen"?

„Nein Herr Oberstaatsanwalt", erwiderte der Zeuge kalt und kurz. „Stimmt es, dass der Angeklagte, Herr Hubert Berger kein zuverlässiger Mitarbeiter war"? „Einspruch, Euer Ehren, das ist eine Suggestivfrage, die der Zeuge nur subjektiv beantworten kann", mit dem Einspruch unterbrach Huberts Pflichtverteidiger Rainer Knie den Oberstaatsanwalt „Einspruch abgelehnt, Herr Zeuge beantworten sie bitte die Frage"!, mit den Worten konterte der Vorsitzender Richter Huberts Verteidiger. Bereichsleiter Emanuel Burschy bestätigte dem Oberstaatsanwalt Huberts schwache Leistungen im Unternehmen.

„Danke, dass genügt der Staatsanwaltschaft".
„Möchte der Vertreter der Verteidigung den Zeugen befragen?", mit der Frage richtete sich der Vorsitzende Richter Karlheinz Schweier an den Pflicht-verteidiger von Hubert Berger.

„ Herr Burschy, stimmt es, dass sie vor acht Jahren den Posten des Bereichsleiter Vertrieb übernommen haben, stimmt es weiter, dass zur gleichen Zeit Herr Doktor Motzen die Geschäftsleitung übernommen hat, und stimmt es auch, dass der bis dahin tätige Bereichsleiter Vertrieb, Herr Tassilo Tetrow auf Geheiß von Doktor Motzen plötzlich seines Posten enthoben wurde?" Der Zeuge Emanuel Burschy bejahte alle drei Fragen, konnte sich aber keinen Reim auf die Fragestellung machen. Erst als Huberts Pflichtverteidiger Rainer Knie mit seiner vierten Frage und den Worten," besteht da ein Zusammen-hang, zwischen der Ernennung des Herrn Doktor Motzen zum Geschäftsleiter, der Absetzung von Herrn Tassilo Tetrow, und ihrer Beförderung zum Bereichsleiter, Herr Burschy?" nachhackte, kam der Zeuge leicht in Verlegenheit.

„Kann es sein, dass sie auf Grund der Gefälligkeit ihres Geschäftsführers, ich denke das kann man in dem Zusammenhang schon so bezeichnen, die Loyalität ihm gegenüber etwas übertrieben haben und sie uns deshalb heute nicht immer die Wahrheit gesagt haben!".

„Einspruch Euer Ehren", kam es wie aus der Pistole geschossen aus dem Mund des Oberstaatsanwalt Jürgen Schrepfer, „der Verteidiger des Angeklagten möchte durch eine Vermutung, die in keiner Weise belegbar ist, den Zeugen verunsichern". „Ich kann es sehr wohl belegen", mit den Worten setzte Huberts Anwalt den Zeugen weiter unter Druck. Der Vorsitzende Richter Karlheinz Schweier lies Anwalt Rainer Knie gewähren.

„Herr Burschy, entspricht es der Tatsache, dass sie im Auftrag des getöteten ein Detektivbüro beauftragten den Angeklagten über einen Zeitraum von drei Monaten zu beschatten, als dieser noch Personalvorsitzender war, kann es sein dass die Eheleute Motzen und Burschy in den letzten sechs Jahren immer gemeinsam ihren Jahresurlaub verbrachten?"

Huberts Pflicht-verteidiger erkannte parallel zu seiner Befragung, dass sich beim Zeugen immer mehr Unbehagen ausbreitete und deshalb hackte bewusst nach, indem er beim Hohen Gericht die Vereidigung des Zeugen beantragte. Emanuel Burschy wechselte ruckartig seine Gesichtsfarbe, eilig kamen die Schweißperlen auf seiner hohen Stirn zum Vorschein und seine Körpersprache verriet weinig Selbstvertrauen.

Völlige Ruhe ist in den überfüllten Gerichtssaal eingekehrt. Man hatte das Gefühl, dass man jeden Atemzug des Zeugen wahrnehmen konnte. Die weiter anhaltende Stille verunsicherten den Zeugen noch mehr. Alle Blicke fixierten sich auf seine Person und die Anwesenden waren sehr gespannt, welche Antworten auf, die doch sehr massiven Vorwürfe jetzt von Herrn Emanuel Burschy kommen würden.

Der Angeklagte Hubert Berger saß neben seinem Anwalt auf dem Stuhl und er hörte fast auf zu atmen, so war er angespannt, um endlich eine Antwort zu hören. Nach gefühlten zwanzig Sekunden richtete Herr Emanuel Burschy sein Wort an den Vorsitzenden Richter. "Euer Ehren, ich möchte von der Regelung Gebrauch machen keine weiteren Angaben zur Sache zu machen, da ich mich sonst selbst belasten könnte."

Bevor der Richter antworten konnte, brach eine große Unruhe im Zuschauerraum aus. Nur mit großer Mühe, konnte nach kurzer Zeit die Ruhe wiederhergestellt werden. Der Zeuge konnte dann den Gerichtssaal verlassen, ohne vereidigt worden zu sein.

Nach der doch nicht so erwarteten Aussage ordnete der Vorsitzende Richter Karlheinz Schweier eine Unterbrechung von fünfzehn Minuten an. Im Zuhörerblock entfachte sehr schnell eine sehr rege Diskussion über das gerade gehörte. Jeder war dem anderen gegenüber sehr redselig und so ergab sich ein richtig lauter Sprachendschungel im Gerichtssaal. Huberts Pflichtverteidiger nutzte die Zeit, um in das Verfahren zwei, drei neue Erkenntnisse einbringen zu können.

Der Angeklagte Hubert Berger war auf Grund der Aussage von Bereichsleiter Emanuel Burschy schon etwas zuversichtlicher geworden. Diese Zuversicht wurde von Rainer Knie aber sehr schnell entkräftet, in dem er seinem Klienten zu verstehen gab, dass auf Grund der letzten Aussage noch nichts in dem Fall entschieden war. Die Justizbeamten hatten große Mühe wieder Ruhe in den Verhandlungssaal zu bringen. Das Gericht fuhr nach zwanzig Minuten mit dem Verfahren fort.

Hubert Bergers Pflicht-verteidiger wollte die Stimmung, die sich zu Gunsten seines Klienten gedreht hatte, mit in den nächsten Tag bringen. Seine Taktik war klar, sich in keine Neben-sächlichkeiten bei den weiteren Befragungen ein zulassen.

Der Richter rief die weiteren Zeugen der Staatsanwaltschaft der Reihe nach auf. Alle Bereichsleiter wurden von dem Oberstaatsanwalt und dem Gericht mit belanglosen Fragen nicht aus ihrer Reserve gelockt, denn sie hielten an ihrer vorgefertigten Aussage fest. Rainer Knie verzichtete auf Zwischenfragen, denn ihm war klar, dass sich auf Grund der Aussage von Herrn Emanuel Burschy, die Geschichten seiner Kollegen nur wenig Aufsehen erregen würden.

Die Tageszeitungen am nächsten Tag gaben ihm Recht. Hubert Bergers Tat rückte wieder in eine Richtung, die für viele Menschen nachvollziehbar war. Es gab viele Reaktionen auf den ersten Prozesstag.

INFAS, ein unabhängiges Meinungsforschungs-institut hatte zu dem Thema Mobbing zehntausend Bundesbürger befragt und das Ergebnis war für die meisten sehr schockierend. Zweiundzwanzig Prozent der Befragten, gaben an, dass sie mindestens einmal in ihrem Berufsleben schon einmal gemobbt wurden.

Dieses Übel wird seit Jahren in der Öffentlichkeit totgeschwiegen, dann es passt nicht in unsere Zeit, in der uns doch Tag für Tag eine heile Welt vorgegaukelt wird. Hubert Berger bekam von dem Ganzen nichts mit. Er wurde wieder in seine

Gefängniszelle gebracht und war froh endlich ein bisschen Ruhe zu bekommen, denn der heutige Tag ist auch bei ihm nicht ohne Spuren vorbei gegangen. Nach der Einnahme vom Abendessen ließ er sich auf seiner harten Pritsche nieder und las noch einige Seiten aus seinem Buch. Bevor Hubert das Buch schließen konnte, vielen ihm seine Augen zu und er versank ganz ruhig in den Schlaf. Die Nacht genoss er, denn er hatte keinen Traum, der ihn in irgendeiner Weise unterbrechen hätte können. Im Gegensatz zu dem Angeklagten arbeitete Huberts Pflichtverteidiger Rainer Knie weiter an seiner Strategie, die gute Ausgangsposition und die euphorische Stimmung weiter für seinen Klienten zu festigen, oder noch weiter auszubauen. Ihm war klar, dass sich vor

Gericht die Situation sehr schnell ändern kann. Wichtig für ihn war, dass bei der morgendlichen Fortsetzung des Prozesses, die Sachverständigen Huberts Tat richtig einordnen. Wenn man den Tatverlauf nüchtern betrachtet, muss der Angeklagte als Mörder verurteilt werden. „Ich muss bei den drei Sachverständigen Ansätze finden, die es mir erlauben, den Tathergang in Verbindung mit der Vorgeschichte zu bringen"!

Dieser Gedankengang beherrschte alle seine anderen Gedanken an dem Abend. Huberts Pflichtverteidiger las im Strafgesetzbuch immer wieder die besagten Stellen, die einen Mord von einem Totschlag und einer Notwehr unterscheidet. Obwohl ihm die Gesetzestexte geläufig waren, wiederholte er sie mehrmals, da ihm keine Möglichkeiten vorlagen. Paragraf 211 des StGB definiert Mord mit den Worten:

Wer aus Mordlust, zur Befriedigung des Geschlechtstriebes, aus Habgier oder sonst aus niedrigen Beweggründen, heimtückisch oder grausam oder mit gemeingefährlichen Mitteln oder um eine andere Straftat zu ermöglichen oder zu verdecken, einen Menschen tötet. Die Mordlust, den Geschlechtstrieb und die Habgier können wie ausschließen. Heimtücke und niedrige Beweggründe sah Rainer Knie als die alles entscheidenden Punkte an, um die es letztendlich gehen wird. Mit dieser Einschätzung gab er sich in der Nacht zufrieden und beendete gegen Mitternacht seinen Arbeitstag. Der Prozess, der am darauffolgenden Tag gegen zehn Uhr fortgeführt wurde, hatte als Tagesordnungspunkte die Anhörung der Sachverständigen zu dem Verbrechen.

Pünktlich um zehn Uhr begrüßte der Vorsitzende Richter Karlheinz Schweier die Anwesenden im Gerichtssaal. Er resümierte in kurzen Worten den vergangenen Prozesstag und bat dann Frau Doktor

Brinkmann in den Zeugenstand. Die Psychologin betreute den mutmaßlichen Täter seit seiner Verhaftung und sie hat auch durch ihre ständige Präsenz ein vertrauensvolles Verhältnis mit ihm aufgebaut.

Über fünfzig Gesprächsrunden hat sie mit dem Angeklagten bereits gehalten. Die Gespräche waren alle sehr offen, da der Inhaftierte sehr kooperativ daran teilnahm. Zu Beginn der Befragung kam die obligatorische Belehrung vom Vorsitzenden Richter Karlheinz Schweier, immer nur die Wahrheit zu sprechen. „Frau Doktor Brinkmann, bitte stellen sie sich kurz vor"! Mit der Anweisung begann der Vorsitzende Richter die Befragung der Psychologin. Nach einer kurzen Zusammenfassung ihres bisherigen Werdeganges kam Richter Karlheinz Schweier konkret auf sie zu, indem er eine psychologische Einschätzung des mutmaßlichen Täters von ihr erwartete. Mit klaren Worten begann die Ärztin ihre Einschätzung. „Hubert Berger ist ein besonderer Mensch.

Der Angeklagte hat einen über-proportionalen Gerechtigkeitssinn. Diese Tugend entstand bereits in seiner Kindheit, die auf Grund der damaligen Zeit und seiner strengen katholischen Erziehung als hart, aber auch sehr gerecht angesehen werden kann. Die Eltern von Hubert Berger hatten noch vier weitere

Kinder zu versorgen und groß zu ziehen. Da der Tisch nicht immer üppig bedeckt war, mussten alle Familienmitglieder sich arrangieren. Angefangen beim Essen, beim wöchentlichen Baden in einer Badewanne, die in der Küche am Samstag stand, bis hin zu der Kleiderwahl legten Huberts Eltern großen Wert darauf, dass alle gleichbehandelt wurden. Solange der Angeklagte sich in seinem Familienverbund aufhielt war alles klar, denn alle hielten sich an die vorgegebenen Regeln. Mit zunehmender Zeit, beziehungsweise durch das Herauswachsen aus der Familie erfuhr Hubert Berger auch ein anderes Leben.

Ein Leben ohne große Harmonie, mit vielen Ungerechtigkeiten. Da er in der Lage war diese „schlechten Einflüsse", die oberflächlich waren zu verdrängen, konnte er nach einer gewissen Anpassungsphase gut damit umgehen. Problem bescherte ihm nur sein tiefes Innenleben. Das tiefe Innenleben kann man am besten so beschreiben, dass Themen, die auf der emotionalen Schiene auf Hubert zukamen auf seine ureigenste Grund-gesinnung zurückreichten und er kein Gefühl hatte mit ihnen umzugehen.

Er machte da keinen Unterschied, ob ihm oder anderen Unrecht geschehen war. Er belastete sich mit der Zeit immer mehr damit, weil er bei der Art der Wahrnehmungen kein Ventil hatte, dass nach einer gewissen Zeit an Bedeutung verlor und so langsam aus seinem Gedächtnis wieder verschwand. Im Endstadion der Krankheit kann der Betroffene nicht mehr die Realität von der Phantasiewelt unterscheiden.

Das heißt in dem Fall, dass der Angeklagte sein Innenleben selbst bei Kinofilmen, bei dem Intrigen oder Verrat den Inhalt bestimmten, sein Seelenleben weiter belastete. Der Krankheitsverlauf endet meist in einer Katastrophe, wie wir es hier in dem Fall leider alle miterleben mussten. Das virtuelle Gefäß, das die Gedanken über Jahre gesammelt hatte, war voll und deshalb kam es zu dieser furchtbaren Katastrophe, die einem Menschen letztendlich das Leben kostete.

Hohes Gericht, Herr Vorsitzender, auf die Frage, war Herr Hubert Berger zum Zeitpunkt der Tat schuldfähig, werden wir wohl keine abschließende Antwort bekommen, doch eines möchte ich am Schluss meiner Ausführungen noch anmerken. Herr Hubert Berger ist weder gewalttätig, noch hat er abnormale Neigungen, die ihn von unserer Gesellschaft fernhalten sollten.

Wir sollten ihm eine letzte Chance geben und ihn durch gezielte Mithilfe von Ärzten und Psychologen den Einstig in ein normales Leben wieder zu ermöglichen".

Vielen Dank Frau Doktor Brinkmann für ihre Einschätzungen". Eine Frage hätte ich aber schon noch zu ihrer These. Wie hätte man die Tat verhindern können, oder was hätte unternommen werden müssen, um ein solch schlimmes Verbrechen bereits im Vorfeld zu erkennen"? „Das Fatale an der Tat war die Anonymität, in die der Angeklagte immer weiter hineingeschlittert ist. Hätte Herr Hubert Berger einen Gesprächspartner, oder eine Person gehabt, mit der er sich nur gelegentlich austauschen hätte können, dann währe es sicherlich nicht zu dieser Tat gekommen. Gerade im Gespräch kann sich ein Mensch vom Inneren Druck am besten befreien.

Oft sind es banale Sachen, die ausreichen, um das „Ventil" leicht zu öffnen, um das Problem, das einem auf der Seele lag, entweichen zu lassen. Der Angeklagte Hubert Berger hatte in den letzten zwei Jahren keinen Menschen, mit dem er seine Erlebnisse, die er am Tage innerhalb seiner Tätigkeit als Sachbearbeiter erlebt hatte zu diskutieren. Einem das Herz ausschütten, so wie es im Volksmund heißt, das wäre es gewesen. Hätte er irgendjemanden in den letzten Jahren gehabt, dann würden wir uns heute sicher nicht gegenüberstehen". Der

Vorsitzende Richter Karlheinz Schweier bat die Staatsanwaltschaft und die Verteidigung um weitere Fragen an Frau Doktor Brinkmann. „Keine weiteren Fragen", hörte man den Oberstaatsanwalt antworten.

Huberts Pflichtverteidiger Rainer Knie fragte die bekannte Psychologin nach dem weiteren Krankheitsverlauf seines Mandanten. „Herr Hubert Berger wird in den nächsten Monaten verstärkt das Erlebte verarbeiten.

Seine Psyche wir das Bedürfnis haben, nach einer gewissen Zeit seine innere Balance wieder-herzustellen. Das geht aber nur, wenn er sich in allen Einzelheiten mit dem Geschehenen auseinander-setzt.

Dieser Vorgang hat nichts mit seiner Zukunft zu tun, ob er die in der Freiheit oder im Vollzug verbringen wird. Wichtig für den Angeklagten ist es aber, dass er professionelle Hilfe in der Zeit erfährt".

„Vielen Dank Frau Doktor Brinkmann, ich habe keine weiteren Fragen"! Anschließend wurde die Sachverständige aus dem Zeugenstand entlassen. Als weiterer Experte stand Doktor Ranz jetzt bereit. Doktor Julius Ranz leitet seit über acht Jahren eine Spezialklinik für Menschen, deren Seelenleben gestört ist.

Der anerkannte Spezialist steht jährlich fünf bis sechsmal als Sachverständiger vor einem Schwurgericht. Seine Analysen gehen von der Praxis etwas weiter weg, da seine Vorträge meist von wissenschaftlichen Scherpunkten gestützt werden. Durch dreimaliges Klopfen mit dem Hammer auf den Tisch verstummte das monotone Gemurmel im Zuschauerraum.

Der Vorsitzende Richter Karlheinz Schweier begrüßte den allseits bekannten Zeugen und befragte ihn speziell, wie weit die Psyche des Täters zum Tatzeitpunkt schon geschädigt war. „Hohes Gericht, meine Herrn Rechtsvertreter, nachdem ich mich sehr ausführlich mit dem Protokoll der Tat auseinandergesetzt habe, bin ich zu dem Schluss gekommen, dass das Problem, das der Täter hatte, sicher noch mit anderen Mitteln zu beseitigen gewesen wäre.

Ich kann diese Aussage wie folgt begründen. Bei Störungen im Seelenleben jedes einzelnen treten gewisse Symptome auf. Man kämpft dagegen an. Man möchte nicht, dass sich das Wohlbefinden immer weniger zeigt und durch die immer lauter werdenden Stimmen verdrängt wird. Man protestiert dagegen.

Die Art des Protestes, die kann durchaus verschieden sein. Nur so, wie es in dem Fall abgelaufen ist, muss da noch eine Portion Kriminalität im Spiel gewesen sein. Es mag stimmen, dass der Getötete den Angeklagten über Jahre schwer genötigt hat und auf Grund des Vorgesetztenverhältnis es auch etwas schwieriger für den Täter war, sich bereits im Anfang Studio dagegen aufzubäumen, aber Hohes Gericht, ohne nur einmal den Versuch zu unternehmen sich zu wehren, Herrn Doktor Motzen sofort und kaltblütig zu erschießen, das ist kein zerstörtes Seelenleben, nein das ist Mord"!

Oberstaatsanwalt Jürgen Schrepfer wollte genau, dass hören und deshalb antwortete er auf den Zuruf des Vorsitzenden Richters, „Haben sie weitere Fragen Herr Oberstaatsanwalt", mit „nein Herr Vorsitzender"! „Herr Pflichtverteidiger Rainer Knie bitte Sie"!

„Herr Doktor Ranz, sie haben uns allen sehr anschaulich ihre kompetente Stellungnahme dargelegt. Das einzige, was ich nicht nachvollziehen kann, ist die Tatsache, dass sie den Angeklagten kein einziges Mal untersucht oder mit ihm auch nur ein Wort gewechselt haben, um so eine eindeutige Aussage zu treffen"!

„Jahrelange Erfahrungen ermöglichen es mir hier die richtigen Formulierungen, ohne Wenn und Aber darzulegen."!

„Keine weiteren Fragen Herr Vorsitzender"! Hubert Bergers Pflichtverteidiger war klar, dass er in der Situation nicht punkten kann und lies deshalb die Aussage des Experten so im Raum stehen. Doktor Ranz wurde, ohne vereidigt zu werden aus dem Zeugenstand entlassen. Als dritte Koryphäe bestellte das Gericht Frau Doktor Marianne Wiedemann in den Gerichtssaal. Ihre Aussage ähnelte in weiten Passagen der ihres Vorgängers. Frau Doktor Gewitz begründete ihre Kernaussage damit, dass der Täter durch sein kaltblütiges Verhalten am Tatort nicht die Symptome eines psychisch angeschlagenen offenbarte, sondere die eines berechneten und kaltblütigen Mörders.

Ein leichtes Raunen ging durch die Reihen der Zuhörer als sie diese Worte vernahmen. Es wurden keine weiteren Fragen an die Psychologin gerichtet. Der Vorsitzende Richter Karlheinz Schweier und seine Kollegen beendeten nach den Aussagen der Experten den heutigen Verhandlungtag und legte den Nächsten Termin auf den nächsten Montag. Alle Beteiligten hatten jetzt drei Tage Pause, um sich von den ersten Verhandlungstagen etwas zu erholen. Allen Prozessbeobachtern lagen die Aussagen der Ärzte noch schwer im Magen. Wem sollte man mehr Vertrauen schenken?

Frau Doktor Brinkmann, die den Angeklagten über einen längeren Zeitpunkt befragt, seine Vergangenheit aufgearbeitet hat und ihm eine gewisse Schuldunfähigkeit bescheinigte. Oder sollte man sich den Beurteilungen der weit angereisten Experten anschließen, die den Fall mehr aus der theoretischen Sicht dargestellt hatten.

Die Meinungen der Menschen waren gespalten. Jede Darstellung hatte etwas Plausibles in ihrem Inhalt. Ähnlich unterschiedlich war das Echo in der Medienlandschaft.

Auch hier hielten sich Pro und Kontras in etwa die Waage. Und wie erging es Hubert Berger nach den ersten Verhandlungstagen? Der Prozess, dass verarbeiten seiner Tat, war bei ihm weiter fortgeschritten. Gewisse Selbstzweifel regten sich so langsam in ihm.

Das Wahrnehmen, dass er jemandem großes Leid zugefügt hatte, wurde jetzt immer deutlicher. Im gleichen Maße verschwand seine nach der Tat gefühlte Unschuld, die ihn in all den Tagen, in der er inhaftiert war, begleitet hatte. In der Nacht nach dem letzten Verhandlungstag fühlte er sich wie ein Mensch, der außer Kontrolle geraten war und deshalb, wie es die zwei Psychologen auch bestätigt hatten, voll schuldfähig zu sein. Mit der neuen Erkenntnis erwartete Hubert Berger am Samstag gegen zehn Uhr seinen Verteidiger. Huberts Pflichtverteidiger Rainer Knie hatte die halbe Nacht den letzten Verhandlungstag noch einmal verarbeiten müssen.

Ihm war klar, dass nach Stand der Sachlage, es keine Hilfe von der medizinischen Seite geben würde. Er sah seine erste Aufgabe darin, dem Gericht, den Tatbestand von Nötigung und Mobbing so darzulegen, dass man sich in die Situation seines Mandanten hineinversetzen könnte.

„Die Aussagen von Hubert Bergers unmittelbaren Arbeitskollegen, die würden sicher wieder etwas Boden gut machen", dachte er so vor sich hin, doch um eine Verurteilung zu umgehen, reiche es sicherlich nicht aus.

Er braucht noch einen Ansatz, der das Verdachtsmoment von Mobbing noch mehr heraushebt. Stundenlang wälzte er in den Vernehmungsprotokollen der Polizei hin und her, ohne den entscheidenden Hinweis zu finden. Leicht übermüdet betrat Huberts Anwalt den schlicht eingerichteten Besucherraum in der Haftanstalt. Hubert Berger saß bereits auf seinem Stuhl, begleitet von einem Justizbeamten.

Nach einer flüchtigen Begrüßung erzählte Hubert dem Anwalt von seiner Wahrnehmung aus der letzten Nacht. Sinngemäß und verpackt in seiner

Art, sprach Hubert eine halbe Stunde über seine nächtlichen Gedanken. „Das auch noch", dachte sich Huberts Pflichtverteidiger und versuchte seine mittlerweile am Boden befindliche Grundeinstellung wieder zu finden.

Mit den Worten, „Herr Berger ich kann sie gut verstehen, dass auf Grund des turbulenten gestrigen Verhandlungstages, bei ihnen ein Gefühlswandel eingesetzt hat, aber sie müssen sich noch mehr Zeit geben.

Es wird in ihrer Situation immer wieder ein Zweifel aufkommen, der sie weiter fragen wird, ob alles so rechtens war. Nur der darf nicht über Hand nehmen". Mit viel Geduld und Geschick sprach der Anwalt noch zwei Stunden auf ihn ein, bevor er am Ende das Gefängnis verlassen konnte. Eigentlich wollte sich Rainer Knie mit Hubert über das weitere Vorgehen in den nächsten Verhandlungtagen absprechen.

Aber heute hätte es auch wenig Sinn gemacht, da sein Klient nicht in der Lage war strategisch zu denken. Der Prozess wurde am Montag weiter-geführt. Als weitere Zeugen standen Huberts unmittelbare Arbeitskollegen auf der Tagesordnung.

Oswald Kolke und Ossi Brück wiederholten im wesentlichem das, was sie bereits bei der Vernehmung durch die Polizei zu Protokoll gegeben hatten. Einige banale Zwischenfragen vom Oberstaatsanwalt, blieben ohne weitere Wirkung und so wurden die beiden, ohne vereidigt zu werden aus dem Zeugenstand wieder entlassen. Wesentlich interessanter waren die Zeugen, die nach der Mittagspause vorgeladen wurden. Zum einen war das Huberts ehemalige Ehefrau Jutta, die von Berlin angereist war, um im Prozess gegen ihren früheren Ehemann auszusagen. Der andere Zeuge war Huberts ältere Schwester Meike. Das Gericht versprach sich durch die Vorladung der Beiden einen kleinen Einblick in die Vergangenheit des Beschuldigten.

Beide hätten von dem Recht Gebrauch machen können, die Aussage zu verweigern, da beide genannten mit Hubert in einem familiären Verhältnis stehen oder standen. Huberts Schwester Meike und auch seine geschiedene Ehefrau Jutta wollten durch ihre Aussage Huberts Situation etwas verbessern. Um aber bei der Wahrheit zu bleiben, belehrte der Vorsitzende Richter Karlheinz Schweier die Schwester des Angeklagten, die als erste in den Zeugenstand gerufen wurde. Meike erzählte von den Jahren der Kindheit, die sie größtenteils gemeinsam verbrachten.

Hubert war als Kind ein sehr lustiger und aufgeweckter Junge. Die Statur hatte eher

schmächtige Züge und so war es nicht verwunderlich, dass er von seinen Spielkameraden
mehrmals gehänselt wurde. Aber im nach hinein
betrachtet blieben da sicher keine Schäden zurück.
Auf das Verhältnis zu ihrem Vater ging Huberts
Schwester Meike etwas intensiver ein. Ihr Vater
wurde von Huberts großer Schwester Meike als ein
Mann dargestellt, viel arbeiten musste, der die
Erziehung der Kinder seiner Frau überlassen hatte
und wenn er sich einmal Zeit für seine Kinder nahm,
ein liebevoller Vater war. „Er war Mensch, der
meinen Bruder am meisten geprägt hatte", mit den
Worten leitete sie die pubertäre Phase in Huberts
Leben ein.

In der Familie waren meine Eltern eigentlich immer
bedacht eine gewisse Harmonie zu erzeugen. Jeder
hatte seine Aufgaben zu erfüllen, aber auch
Freiheiten, um dem Familienleben eine positive Seite
abzugewinnen zu können. Unser Vater ordnete sich
ideal in den Ablauf ein gab uns allen immer das
Gefühl gebraucht zu werden und mit unseren
individuellen Stärken und Schwächen richtig
umzugehen.

Hubert war meinem Vater im Vorleben dieser
Tugend am nächsten. Probleme tauchten auf, als er
ins Berufsleben eintrat und das erste Mal mit

Problemen konfrontiert wurde, die seine Heile Welt nicht kannte.

Das waren Situationen, die von dritten gegenüber den Beteiligten mehrmals falsch dargestellt wurden oder offensichtliche Fehler, die dann Kollegen von ihm in die Schuhe geschoben wurden, die mit dem Ganzen überhaupt nichts zu tun hatten. Er selbst sprach nie von verbalen Angriffen ihm gegenüber. Diese Themen brachte er mehrmals mit nach Hause und die wurden auch in unserer Familie recht lebhaft diskutiert und besprochen.

Durch meine Heirat verlies ich dann mein Elternhaus und so langsam ging der enge Kontakt verloren". „Welches Alter hatte da ihr Bruder"? „Siebzehn"! „Hat der Oberstaatsanwalt noch weitere Fragen", mit den Worten beendete der Vorsitzende Richter Karlheinz Schweier die Befragung der Zeugin.

Da diese Frage verneint wurde, konnte Huberts Schwester Meike den Zeugenstand verlassen, ohne vereidigt worden zu sein. Die Anschließende Befragung von Huberts Exfrau Jutta verlief sinngemäß in ähnlicher Form. Der Oberstaatsanwalt Jürgen Schrepfer unterbrach die zur Sache aussagende nur an der Stelle, als es um das Auseinandergehen der Ehe ging. „Immer weniger Zeit, gedanklich immer mehr introvertierter, keine

Überraschungselemente! Der Grund war eindeutig sein Berufsleben.

Wir hatten anfangs das Thema spät abends im Bett mehrmals besprochen. Ich hatte auch den Versuch unternommen, ihn zu überreden seinen Job einfach hinzuschmeißen und mit mir in einer anderen Stadt ein neues Leben anzufangen. Nein, er wollte das nicht, er war von sich selbst so überzeugt, dass er das schon irgendwie wieder in den Griff bekommt! Er schaffte es nicht, und so war uns beiden klar, dass wir uns über kurz oder lang trennen würden". Ihnen beiden, oder nur ihnen?", mit der Frage hakte Huberts Pflichtverteidiger Rainer Knie in den Monolog ein. „Sie haben recht!" und mit der folgenden

Antwort konkretisierte Jutta ihre Aussage. „Hubert erkannte die Situation erst, als die Trennung bereits vollzogen war. Unsere Gespräche, die wir über eine mögliche Scheidung geführt hatten, wurden von uns beiden als sinnvoll bezeichnet. Heute ist mir klar, dass er zwar verbal zugestimmt hat, aber im Inneren später für ihn sicher eine Welt zusammengebrochen ist. Hubert Psyche konnte diese schwerwiegende Entscheidung zu dem Zeitpunkt gar nicht aufnehmen, da diese mit den Problemen, die sich Tag täglich in der Firma ergaben, wohl restlos überfüllt war und so gab er mir nur Recht, um mir nicht weh zu tun".

Bei ihrem letzten Wort rang sie schwer mit ihren Tränen, denn wenn sie es damals nur annähernd geahnt hätte, welche schweren Konsequenzen diese Trennung mit sich bringen würde, dann wäre die Entscheidung wohl anders ausgefallen. „Hohes Gericht, der Mensch Hubert Berger ist ein Guter. Unter normalen Umständen wäre er nie in der Lage gewesen eine solche Tat zu begehen. Da man ihm aber in seiner Einsamkeit allein lies, fand er keinen anderen Weg mehr, um sich aus der Situation zu befreien.

Ich bitte sie! Ich flehe sie an! Fällen sie ein gnädiges"! Das Wort Urteil konnte sie nicht mehr aussprechen, da Sie von einem Weinkrampf befallen wurde und mit gesenktem Kopf versuchte, alle Tränen, die jetzt in großer Zahl über ihre Wangen rollten, wieder aufzufangen.

Mit den Worten, "wenn keine weiteren Fragen mehr gestellt, dann kann die Zeugin sich wieder setzen". Das Interesse aller Anwesenden war auf die Zeugin gerichtet und keiner sah die wässrigen Augen des Angeklagten.

Hubert Berger war gerührt. Er musste sich enorm zusammennehmen, um nicht auch seine Fassung zu verlieren. Innerlich gefiel es ihm natürlich, diese

Emotionen seiner Exfrau aufnehmen zu dürfen. "Da ist doch noch etwas wunderbar schönes tief in ihr", dachte er für sich und bekam fast ein schlechtes Gewissen, als er sich daran erinnerte, wie er nach der Scheidung über sie dachte. Nach den beiden Aussagen der Frauen wurde die Verhandlung auf den morgigen Tag verlegt. Hubert wurde wieder in seine Zelle gebracht und lies nach dem Abendessen den Nachmittag noch einmal gedanklich vorbeiziehen.

Der Auftritt von seiner Frau vor dem Gericht hatte ihn stark imponiert. Huberts Pflichtverteidiger Rainer Knie sah nur die Fakten und die sahen nach wie vor nicht allzu rosig aus. Ihm war klar, dass die Auftritte der beiden Frauen vor Gericht nur die Emotionen etwas angeschürt haben. Nach einer knappen Woche kristallisierte sich klar heraus, dass sein Mandant von allen als normaler, höflicher Mensch dargestellt wurde.

Nur dass der nette Mann einen anderen vorsätzlich erschossen hatte, konnten die bisherigen Aussagen nicht entkräften. Rainer Knie hatte noch keinen Ansatz, um dem entgegen zu wirken. „Wir haben nur eine Change, wenn wir einen Zeugen bringen könnten, der das Martyrium des Angeklagten in allen Einzelheiten bestätigen könnte. Aber Wer?", mit der

Frage brach er seinen Gedanken ab, der ihn in dem Fall weiterbringen sollte.

Die Liste der weiteren Zeugen überflog er, ohne, dass ihm bei jemandem eine Idee gekommen wäre. In den beiden darauffolgenden Tagen wurden Bekannte des Angeklagten vor Gericht befragt, die sinngemäß das bisherige bestätigten. Und so verstrich eine weitere Woche, ohne großes Aufsehen.

Das Interesse der Öffentlichkeit lies aber in keiner Weise nach und so war jeder Verhandlungstag bis auf den letzten Platz mit Zuhörern besetzt. Die Moral und die Hoffnung des Beschuldigten gingen wieder etwas in den Keller und so war die Stimmung ganz am Boden als Huberts Pflichtverteidiger seinen Mandanten vor Beginn des vorletzten Verhandlung Tages noch einmal in seiner Zelle besuchte. Zuerst musste er den Angeklagten etwas aufmuntern, obwohl er noch mehr jemanden gebraucht hätte, um das Finale noch durchzustehen. Die Erwartungshaltung war gegen null, denn bis zu dem Zeitpunkt hatte sich nicht neues im Gerichtssaal ergeben. Durch die aufmunternden Worte, die er Hubert zukommen ließ, kamen sie noch einmal ins Gespräch über die letzten Tage im Unternehmen.

Neben ein paar anderen Vorkommnissen schilderte Hubert ein Meeting mit mehreren Kollegen, die bei

Herrn Sikorsky einen Themenkomplex besprachen. Auffallend oft erwähnte Hubert die Art der Argumentation des Bereichsleiters. Er zelebrierte jedes auch noch so kleines Problem in einer Art, die schon fast krankhaft war. „Wiederholen sie das noch einmal Herr Berger!", „Was soll ich wiederholen?" fragte Hubert nach. „Wie meinen sie, dass mit krankhaft?", „er steigert sich immer in etwas hinein, weil ihn sonst keiner so richtig ernst nimmt!", antwortete der Angeklagte immer noch fragend. Er konnte sich noch keinen Reim auf die Fragen seines Verteidigers machen, ist aber wieder etwas neugieriger geworden.

„Herr Berger, könnte es sein, wenn wir den Herrn Sikorsky in den Zeugenstand rufen lassen und ihn nicht standesgemäß behandeln, dass er dann seine Linie verliert?"."

Auf jeden Fall", kam die Antwort ohne Wenn und Aber. Langsam lichtete sich der Nebel in Rainer Knies festgefahrenen Gedankengängen. Er sah, zumindest auf seiner Bauchebene einen kleinen Silberstreif am Horizont. „Ja, dass ist es", mit den Worten bestätigte er nochmals nach außen hin seine Change, dass das Urteil im Prozess nicht mit Hubert Berger als Mörder endet.

Er ließ Hubert nicht ohne Hoffnung in seiner Zelle zurück. Der Angeklagte konnte sich noch keinen

Reim auf den hoffnungsvollen Abschied machen und lies deshalb auch noch keine euphorischen Gedanken zu.

Er ging an dem Abend früh auf sein Falt Bett und es dauerte nicht lange bis ihn der Schlaf übermannte. Huberts Pflichtverteidiger hatte jetzt etwas Blut geleckt und aus dem Grund ließ er den Gedanken nicht mehr los, der ihm womöglich morgen den Durchbruch bringen könnte. Sofort, nach dem er zu Hause angekommen war ging er noch einmal über die Akten der Ermittlungsbeamten. Karel Sikorsky war sein Mann.

Je länger er sich mit seinen Aussagen befasste, desto klarer war jetzt seine Strategie, die er am nächsten Tag bei ihm anwenden würde. Auch war ihm aufgefallen, dass der Bereichsleiter Sikorsky mehrmals von den Ermittlungsbeamten gebremst werden musste, wenn er über seine Person gesprochen hatte.

„Diese einzigartig krankhafte Art, die muss ich morgen füttern, ich werde ihn mit Fragen, die keine große Bedeutung haben zermürben, ich werde ihn quälen, ich werde ihn morgen dahin bringen wo er überhaupt nicht möchte! Zur Wahrheit!!". Innerlich fühlte sich Huberts Pflichtverteidiger Rainer Knie schon als großer Gewinner des letzten Verhandlungstages.

Und aus dem Grund war es gut, dass die rationale Seite seines Innenlebens sich wieder meldete und die emotionalen Bertachtungsweise etwas in die Schranken verwies. Aber von der Idee seiner Taktik war er nach wie vor überzeugt. Gegen Mitternacht beendete er seine Vorbereitungen und mit einer Schippe Hoffnung ging er ins Schlafzimmer. Die Nacht war nicht so ruhig wie die vorhergegangenen. Huberts Verteidiger hatte in den Nachtstunden die Zeugenaussage hundert Mal durchgespielt und er ist immer zu dem Punkt gekommen, den er sich ausgemalt hatte.

Er brachte den Zeugen soweit, dass er in seiner Erregung alles, aber auch alles dem Gericht erzählte was notwendig war, um seinen Klienten zu entlasten. Nach dem Duschen und dem Frühstück war die Normalität bei Huberts Pflichtverteidiger wieder eingekehrt.

Die positive Stimmung war etwas verschwunden und die innere Stimme meldete sich etwas kleinlaut zu Wort. Die Frage, ob er es so durchziehen solle, stellte er sich in den nächsten Minuten mehrmals und er war sich jetzt gar nicht mehr so sicher, seine „träumerische Verteidigungstaktik" in die Realität um zusetzten.

Beim Verlassen seiner Wohnung war ihm noch nicht klar, wie er sich in gut zwei Stunden vor dem

Schwurgericht präsentieren würde. Hubert Berger wurde gegen neun Uhr dreißig in das Schwurgerichtsgebäude gebracht. Die Spannung stieg noch einmal an dem Tag enorm an, denn bei normalem Verlauf war klar, dass das Schwurgericht an dem Tag wohl ein Urteil fällen würde. Aus dem Grund war die komplette Pressewelt aufgefahren, um das Ende dieses besonderen Falles live mit zu erleben.

Die Sicherheitsvorkehrungen wurden noch einmal verschärft und so verzögerte sich der Beginn des letzten Verhandlungstages um fünfzehn Minuten. Als der Vorsitzende Richter Karlheinz Schweier den einundzwanzigsten Verhandlungstag eröffnete war alles noch um einen Hauch brisanter, denn heute musste die Entscheidung fallen. Durch ein Handzeichen des Vorsitzenden Richter nahmen alle wieder auf ihren Stühlen Platz und hörten den Worten gespannt zu. „Sollten wir heute bis vierzehn Uhr mit den beiden noch ausstehenden Zeugenbefragungen fertig sein, dann werden wir um siebzehn Uhr das Urteil verkünden!". Mit den Worten beendete er seine Einführung und bestellte Herrn Stein als ersten Zeugen in den bis zu dem letzten Platz gefüllten Gerichtssaal. Nach der obligatorischen Belehrung wandte sich der Vorsitzende Richter Karlheinz Schweier sofort dem

Zeugen zu und eröffnete mit der Frage, "stellen sie sich bitte vor und geben sie ihre Position im Unternehmen an!".

Bereichsleiter Stein hatte die Gabe, sich in der Öffentlichkeit hervorragend dar zustellen zu können. Seine leicht rauchige, sonore Stimme erzählte sehr ausführlich das vom Richter geforderte. Es dauerte fast zehn Minuten, bis er schließlich das Ende traf. „Erzählen sie uns bitte alles, was ihnen zu dem Opfer, Herrn Doktor Motzen und dem Angeklagten, Herrn Hubert Berger aufgefallen ist!". Auch jetzt fand er wieder gut den Übergang zu seiner Aussage, indem er seine Beine übereinanderlegte und mit der rechten Hand durch seine schwarzen Haare streifte. Der folgende Monolog dauerte fast eine Stunde, indem er sinngemäß das wiedergab, was seine Kollegen schon erzählten.

Da weder der Oberstaatsanwalt noch Huberts Pflichtverteidiger Fragen an den Zeugen richteten, konnte Bereichsleiter Stein den Zeugenstand wieder verlassen. Auf eine Vereidigung wurde verzichtet. Hubert Berger war etwas enttäuscht, da er doch gestern Abend von seinem Verteidiger nicht ohne Hoffnung zurückgelassen wurde.

Die kurze Pause, die zwischen den beiden Zeugenaussagen entstand, nutzte Rainer Knie, um eine Entscheidung für sich zu treffen. Von der ursprünglichen Idee, den Zeugen Sikorsky aus der Reserve zu locken war er jetzt wieder sehr weit entfernt. Sollte er sich echt blamieren, wenn seine Strategie nicht aufgeht?

Die Zweifel unterdrückten in der Phase seine rationale Denkweise doch sehr und seine innere Stimme signalisierte ihm, es nicht auf das Risiko einer Konfrontation ankommen zu lassen. Auf der anderen Seite sah er auf seinen Schutzbefohlenen, von dessen Unschuld er überzeugt war. „Was tun Rainer Knie?" sprach er zu sich.

Er bekam weder eine Antwort noch ein Signal aus seinem Innern. Mit der Unsicherheit und dem Aufruf des Vorsitzenden Richters, der den letzten Zeugen in den Gerichtssaal kommen ließ, bekam er sich wieder einigermaßen in den Griff. Huberts Verteidiger war klar, dass er seine Attacke, wenn er sie auch tatsächlich setzen würde nur dann Sinn machte, wenn sie am Ende der Befragung kommt. Bereichsleiter Sikorsky schien seinen Auftritt vor Gericht sichtlich zu genießen. Er hatte seine leicht schmunzelnde „Grinse" aufgesetzt und zeigte von seiner Körpersprache alle Fassetten seiner Arroganz. So ein Forum hatte er sich schon immer gewünscht. Solange im Mittelpunkt der Öffentlichkeit stehen, dieser Gedanke beflügelte ihn noch mehr und alle Anwesenden konnten sich nach der Belehrung durch den Richter davon überzeugen, dass der Zeuge Sikorsky ein Selbstdarsteller per Excellenze war. Seine einseitigen Schilderungen wurden mit Bewegungen der Arme so unterstützt, wie man es normalerweise nur bei einem Dirigenten sieht, der ein großen Symphonieorchesters dirigiert. Auch seine Augen schweiften im gesamten Raum, um noch mehr den Fokus auf sich zu lenken. Hubert Bergers Pflichtverteidiger ging die Selbstdarstellung auch viel zu weit und so langsam meldete sich wieder seine starke innere Stimme, die ihn gestern Abend doch so motiviert hatte.

Je länger Sikorsky seine Show abzog, umso mehr legten sich bei Rainer Knie die letzten Zweifel des klein Beigebens und er konnte es gar nicht mehr erwarten, den Zeugen sein Lachen aus dem Gesicht zu holen.

„Ganz ruhig, Rainer Knie", kam es nochmals aus seinem innersten heraus. „Nicht überdrehen, bleib ruhig, du kannst es, mach es!!". Das war das richtige Signal und so langsam erkannte man im Gesicht des Verteidigers eine bis dahin noch nicht vorhandene Entschlossenheit. Bereichsleiter Sikorsky sprach jetzt schon über neunzig Minuten, als er so langsam zum Schluss kam.

Der Vorsitzende Richter Karlheinz Schweier fragte anschließend beide Rechtsvertreter, ob noch Fragen

an den Zeugen gestellt werden. Der Oberstaatsanwalt winkte ab und auch der Zeuge Sikorsky
rechnete nicht mehr mit einer Befragung durch den
Pflichtverteidiger Rainer Knie, da er bereits seinen
Platz verlassen hatte. „Euer Ehren, ich hätte noch
einige Fragen an den Zeugen gestellt!". Eine
trügerische Ruhe kehrte ruckartig in den Gerichtssaal
zurück.

Es war doch alles klar. Die Zeugen haben doch den
Fall ausführlich mit dem Gericht abgehandelt.
Äußerlich auffallend ruhig begrüßte Hubert Bergers
Pflichtverteidiger den Zeugen. Der Bereichsleiter
Sikorsky schaute leicht irritiert, denn von seiner Seite
aus hatte er doch den Anwesenden alles in aller
Ausführlichkeit beschrieben und erklärt. Auf die
einfachen Fragen des Anwalts konnte der Befragte
meist nur mit ja oder nein antworten. So kurze
Sprachinterwalle kannte Herr Sikorsky nur selten
und so fühlte er bei der Befragung etwas
Unbehagen.

Neben Fragen über seine Schulzeit, seiner Militärzeit
bis hin zu Urlaubserinnerungen und Familientreffen,
streute Rainer Knie seinen Köder. Nach fünf
Minuten reklamierte der Zeuge die Art der
Befragung zum ersten Mal. Dieser Meinung
schlossen sich der Oberstaatsanwalt und auch die
Mehrzahl der im Zuhörerraum befindlichen

Prozessbeobachter an. Für den Verteidiger war es jetzt aber der Start, um die Schlinge, die er jetzt um den Hals des Bereichsleiters Sikorsky gelegt hatte, langsam zu zuziehen.

„Welche Zahncreme verwenden sie bei ihrer morgendlichen Toilette, Herr Sikorsky"? „Jetzt reicht es mir aber!!", kam es jetzt schon etwas trotziger von ihm zurück.

„Herr Vorsitzender, muss ich mir so einen Mist gefallen lassen?"! „Herr Verteidiger, bitte bleiben sie beim Thema und verschleppen sie nicht das Verfahren".

Mit den Worten rügte der Vorsitzende Richter Karlheinz Schweier die Art der Befragung, erteilte ihm aber weiter das Wort. „Entschuldigen sie bitte Herr Richter, aber ich denke da ist noch irgendetwas wichtiges, was uns der Zeuge bis jetzt vorenthalten hat!

Herr Sikorsky, wie wichtig schätzen sie ihre Tätigkeit im Unternehmen ein?". Mit der Frage fuhr er mit seiner Befragung fort „Sagen sie bitte nur eine Zahl zwischen ein und sechs. Eins ist sehr wichtig, sechs ist sehr unwichtig!".

Nicht nur Huberts Verteidiger erkannte jetzt, dass der Zeuge kurz vor einem emotionalen Vulkan-ausbruch stand und enorm nach Luft rang, bevor er mittlerweile völlig außer Kontrolle geriet und dem Anwalt zuschrie:

Was glauben sie denn wer ich bin? Ich stehe einer Gruppe von dreihundert Mitarbeiter vor und habe die Macht Entscheidungen zu treffen, von denen sie nur träumen können, sie Paragrafenjongleur!". Jetzt war Sikorsky nicht mehr zu halten, er stand auf, beschimpfte Huberts Verteidiger aufs übelste, beleidigte das Gericht wegen der Art der Verhandlungsführung und unterstrich dies noch mit dem Stampfen seiner Füße auf den Boden. Jetzt oder nie dachte Rainer Knie und setzte zu entscheidenden Attacke auf Sikorsky an. „Sie sind ein Nichts, sie haben in dem Unternehmen überhaupt nichts zu sagen", mit den Worten fuhr er dem Zeugen so in die Parade, dass der kurz vor einem Herzstillstand war und keine Kontrolle mehr über sein rationales Handeln hatte. „Sie hätten Herrn Hubert Berger im Unternehmen niemals Anweisungen erteilen dürfen, sie eitler Gockel!!", mit der Aussage. schob er gleich die nächste Beleidigung nach. Rainer Knie wusste, dass es sich jetzt in den nächsten Sekunden entscheiden würde, ob er den Prozess für seinen Mandanten noch drehen kann, oder ob er wegen der rohen Beleidigungen im hohen Bogen aus der Anwaltsvereinigung fliegt. Die Entscheidung kam prompt, denn Sikorsky kannte keine Grenzen mehr und sein Drang, es dem Anwalt einmal so richtig heim zu zahlen, kam er jetzt reichlich nach.

„Hubert Berger, der Schwächling, dem habe ich jeden Tag gezeigt wo es lang geht, den habe ich schikaniert, dem habe ich das Leben zur Hölle gemacht, der war doch schon am Ende!!". Jetzt musste Rainer Knie schnell reagieren und spannte den Bogen zum Opfer mit der plötzlichen Zwischenfrage:

„Das hätte Doktor Motzen nie zugelassen, dass sie Herrn Hubert Berger täglich mobbten?". „WAAAS sagen sie da, der Alte hätte da etwas dagegen gehabt? Da lach ich doch, niemals, im Gegenteil Herr Doktor Motzen hatte uns mehrmals angestiftet, den Versager fertig zu machen, er hatte einen großen Gefallen daran, wenn wir mittags im Postgespräch über die Attacken berichteten". Und jetzt gab der Befragte richtig Gas.

„Herr Doktor Motzen hat es gezielt auf ihn abgesehen, er hat es dem Blockierer schon gezeigt, dass man sich im Leben mehrmals trifft und er es nicht vergessen hat, wie der Berger jahrelang die Interessen seiner Kollegen übergebührend vertreten hat.

Der Linke hätte ja um ein Haar mit seiner Anschauung die Firma kaputt gemacht!!". „Sie geben also zu, den Angeklagten systematisch ruiniert zuhaben" schob Huberts Pflichtverteidiger schnell dazwischen. „Ruiniert? jawohl den Berger haben wir richtig fertig gemacht, den hätten sie zum Schluss mal sehen sollen, der hat doch nur noch gezittert, und wäre nicht diese schlimme Tat geschehen, dann hätten wir es schon geschafft, ihn zum Wahnsinn zu treiben!!".

Huberts Pflichtverteidiger sah jetzt den richtigen Zeitpunkt gekommen, die Befragung zu beenden. Ruhe, absolute Stille ergoss sich plötzlich über den Gerichtssaal und die Stimmung hat sich schnell ins gespenstige gedreht.

Die Anwesenden konnten ihren eigenen Atem hören und viel vergasen aus dem Grunde das Luftholen. Selbst die Richter, die in ihrem langen Berufsleben schon viele Besonderheiten erlebten, waren sprachlos.

Nur ganz langsam kam wieder ein leises Gemurmel in den Gerichtssaal. Der Vorsitzende Richter Karlheinz Schweier fragte an dem Tag ein letztes Mal mit sehr unsicherer Stimme:" Wer hat noch weitere Fragen an den Zeugen?".

Jetzt kam kein Einwand mehr und gegen allem geplanten, beendete der Vorsitzende vorzeitig den Verhandlungstag. Der Gerichtssaal lichtete sich sehr langsam und alle Beteiligten fanden erst nach einer geraumen Zeit wieder ihre Fassung um über das gerade erlebte zu sprechen. Bereichsleiter Karel Sikorsky saß nach wie vor auf seinem Stuhl und erkannte so langsam seine neue Situation. Er stand unter Schock und musste später von Vertretern des Roten Kreuzes bereut werden. Geholfen hatte die emotionale Aussage am meisten dem Angeklagten Hubert Berger.

Nicht nur um seine prekäre Situation vor Gericht zu verbessern, diente der Auftritt, nein, viel wichtiger für Hubert war die Tatsache, dass seine Psyche in der ganzen Zeit intakt war und er die ganze schwere Zeit tatsächlich erlebte. Mit der befreienden Erkenntnis ging er jetzt gar nicht mehr ohne Hoffnung in seinen Zellentrakt zurück. Die Presse hatte das was sie wollte. So eine Geschichte bekommt man nicht jeden Tag auf dem Tablett serviert, bei der sich von einer Minute auf die andere eine von keinem nur angedachte Wende vollzogen hat. Viele Menschen waren gespannt, auf welche Seite sich die Journalisten am darauffolgenden Tag schlagen würden. Das Gericht zog sich im Anschluss noch einmal zurück und entschied, dass das Verfahren mit zwei Tagen Pause am nächsten Freitag mit dem Plädoyer der Staatsanwaltschaft und der Verteidigung fortgesetzt wird.

Die Strategie von Hubert Bergers Pflichtverteidiger Rainer Knie war in den nächsten Stunden das meist diskutierte Thema in den Medien und auch bei den Zuhörern fand die Art der Verteidigungsführung großen Zuspruch.

Von genial bis lebensmüde wurde seine Art der Rechtsauslegung gehandelt. Ihm selbst war klar, dass sich die Situation seines Klienten auf jeden Fall verbessert hat. Nur die alles entscheidende Frage wird wohl sein: „Ab welchen Zeitpunkt darf man sich mit so einer schlimmen Tat wehren?". Wäre Doktor Motzen mit einer Eisenstange auf Hubert Berger losgegangen, dann wäre er Tatbestand der Notwehr auf jeden Fall zum Tragen gekommen. Es muss mir gelingen und es dem Gericht auch plausibel beweisen, dass jahrelanges mobben den gleichen Stellenwert einnimmt, wie ein körperlicher Angriff.

Mit den Gedanken beendete er seinen aufregendsten Tag in seinem Berufsleben. Er holte in der Nacht seinen kompletten Schlafdefizit nach wachte am nächsten Morgen gut erholt gegen zehn Uhr auf. Seine Gedanken waren jetzt besser geordnet und nach einem ausgiebigen Frühstück wollte er ins Bezirksgefängnis zu einer weiteren Abstimmung mit dem Angeklagten fahren.

Das Ganze gestaltete sich wesentlich schwieriger als gedacht. Das Telefon stand an dem Morgen nicht mehr still. Bekannte, Freunde, Menschen mit denen Georg schon lange keinen Kontakt gehabt hatte, meldeten sich im Fünfminuten Takt. Alle bewunderten die Kaltschnäuzigkeit und die Art so einem enormen Druck standzuhalten. Hubert Bergers Pflichtverteidiger genoss die Huldigungen insgeheim doch sehr. Nach außen hin stellte er sich eher etwas in den Hintergrund. Neben seiner neuen Fan Schar ereilten ihn aber auch Gespräche, die ihn kritisierten.

Die wenigen Anrufer waren ältere Kollegen, die seine Art als höchst risikoreich und leichtsinnig ansahen.

Nach zwei Stunden Verspätung konnte er sich schließlich auf den Weg machen. „Das ist eine mittlere Katastrophe!", mit den Worten begann Herr Strassnitz, der Staatssekretär der Justiz eine spontan einberufene Kabinettsitzung in der Staatskanzlei. „Der politische Schaden, der gestern im Gerichtssaal entstand, wird uns noch einige Zeit belasten". Er befragte alle im Raum befindlichen Experten über das weitere Vorgehen. Die heftige Debatte dauerte mehrere Stunden und am Ende ging es nur noch darum, ob man auf den Vorsitzenden Richter

Karlheinz Schweier noch auf das ausstehende Urteil sensibilisiert.

Eine Entscheidung diesbezüglich konnte an dem Tag noch nicht gefällt werden und so vertagten die betagten Herren das Problem auf den nächsten Tag. Der Druck erhöhte sich noch mehr, als sich der komplette deutsche Blätterwald auf die neue Situation einstellte und dem Prozess jetzt auch nach außen hin die Bedeutung zukommen ließ, wie von der Bevölkerung schon mehrmals gefordert wurde. Endlich wurde das Thema, welches in der Deutschen Arbeitswelt allgegenwärtig ist, das erste Mal in der Öffentlichkeit so dargestellt, wie es tatsächlich ist!

Die Redaktionen hatten eine überproportionale Steigerung von Leserbriefen, die aus der ganzen Republik versandt wurden. Fast übereinstimmend waren die Inhalte.

Es nahmen sich immer mehr Menschen den Mut und schilderten oft ähnliche Verfehlungen von Vorgesetzten, die auch nicht geahndet wurden und größtenteils noch anhalten.

Ähnlich dem Schneeballsystem, entwickelte sich jetzt auf mehreren Ebenen eine rege Diskussion um das Thema Mobbing am Arbeitsplatz. Unter den Umständen und mit vielen Fragzeichen begann jetzt am Freitag der letzte Verhandlungstag mit den beiden noch ausstehenden Plädoyers des Oberstaatsanwalt Jürgen Schrepfer und dem jetzt immer mehr ins Rampenlicht gerückte Verteidiger Rainer Knie.

Nach der Begrüßung des Vorsitzenden Richters Karlheinz Schweier und dem wieder Platz nehmen der Anwesenden ergriff der Oberstaatsanwalt Jürgen Schrepfer das Wort und verlas eine Erklärung" Gegen die Zeugen Stein, Burschy, Häberle, wird ein Verfahren wegen Falschaussage eingeleitet. Der emotionale Auftritt des Zeugen Sikorsky hat diese Tatsache zu Tage gebracht.

Da keine Verdunkelungsgefahr besteht werden die Haftbefehle noch nicht vollstreckt!". „Vielen Dank Herr Oberstaatsanwalt für ihre Ausführungen", mit den Worten übernahm der Vorsitzende Richter wieder die Leitung des Verfahrens. Nach einigen organisatorischen Hinweisen übergab er dem Vertreter der Anklage nochmals das Wort, um die Anklage zu begründen und das Strafmaß fest zu setzen.

„Hohes Gericht, meine sehr verehrten Anwesenden, heute geht ein besonderes Verfahren zu Ende. Alle Beteiligten konnten sich selbst ein Bild von der Komplexität des Falles machen. Gerade der letzte Verhandlungstag hat uns noch einmal deutlich aufgezeigt, dass Menschen, die auf Grund ihrer

Persönlichkeit Dinge sagen oder eben nicht sagen, die für ein Verfahren dieser Größenordnung wichtig sind. Hätte Herr Sikorsky nicht in letzter Sekunde sich eines Besseren belehrt, dann würden wir heute Rechtsprechen, ohne eines moralischen Zwanges. Für das Gericht ist es besonders beschämend, dass Menschen, die im normalen Leben als Vorbilder angesehen werden, vor Gericht die Unwahrheit sagten und sich zu einem Meineid hinreißen ließen, nur um ein mit Lügen aufgebauter Apparat zu stützen.

Ich denke diese Handhabe spiegelt momentan das Bild in unserer Gesellschaft wider. Unser Land hat keine Vorbilder mehr, denen junge Menschen nacheifern könnten.

Und trotz alle dem dürfen wir nicht vergessen, dass wir uns heute mit einem Tötungsdelikt auseinandersetzen müssen, dass in seiner Ausführung kaltblütig und vorsätzlich durchgeführt wurde. Die Staatsanwaltschaft bleibt trotz der ganzen Ungerechtigkeiten, die dem Angeklagten durchaus angetan wurden bei seiner Anklage wegen Mordes! Hohes Gericht, meine Anwesenden ich werde es ihnen in den nächsten Minuten eindeutig beweisen, dass es für diese Tat kein anderes Urteil geben darf. Der Angeklagte Hubert Berger hat in den frühen Morgenstunden des achten Maies den Entschluss gefasst seinen Vorgesetzten und Geschäftsführer Doktor Motzen zu erschießen. Er hat es bei vollem Bewusstsein geplant, vorbereitet und letztendlich auch umgesetzt.

Und das ist der entscheidende Punkt. Er hat es vorsätzlich, das heißt, mit vollem Bewusstsein geplant und die Tat auch kaltblütig durchgeführt. Die Verteidigung hat in den letzten Verhandlungstagen immer wieder versucht, den Täter als Opfer darzustellen. Teilweise gebe ich da meinem Kollegen Knie recht.

Hubert Berger war ein Opfer, ihm wurde ganz übel mitgespielt und das gilt es auch zu verurteilen. Das Verhalten der Bereichsleiter im Unternehmen ist die unterste Schublade und mir ist in den letzten Jahrzehnten kein Fall bekannt, wo einem Menschen so übel mitgespielt wurde. Aber trotz alledem, Hohes Gericht, ist das natürlich kein Freifahrschein für den Beschuldigten, um so eine Tat zu begehen. Hubert Berger hat einen Menschen ohne Vorwarnung kaltblütig erschossen.

In dem Verfahren haben wir noch gar nicht über die Hinterbliebenen gesprochen. Durch die Tat hat eine Frau ihren Mann verloren und zwei Kinder ihren Vater. Die Eltern, bereits im hohen Alter verloren durch dieses Verbrechen, ihren Sohn. Der Angeklagte hat einer intakten Familie sehr großes

Leid zugefügt. Tausende Mitarbeiter verloren ihren Geschäftsführer, eine Stadt einen großen Mäzen und viele Topmanager einen überall geachteten und anerkannten Gesprächspartner.

Hohes Gericht, auf Grund der von mir aufgezeigten Fakten, kann es nur ein Urteil geben. Die Staatsanwaltschaft fordert deshalb eine lebenslange Freiheitsstrafe wegen Mordes an Herrn Doktor Motzen"!

Dem Oberstaatanwalt ist es durch seine gezielte Faktensammlung gelungen, eine große Menge von Emotionen aus dem Fall herauszunehmen. Die anwesenden Zuhörer wechselten größtenteils ihre im Vorfeld bereits festgelegte Meinung und sahen einige Sachen aus einer ganz anderen Perspektive. Der Vorsitzende Richter, Karlheinz Schweier unterbrach die Verhandlung heute nicht und bat gleich anschließend den Vertreter der Verteidigung um sein Schlussplädoyer.

Hohes Gericht, Herr Oberstaatsanwalt, liebe Prozessbeobachter, der Vertreter der Anklage hat uns die Tat noch einmal allgegenwärtig werden lassen. Ich stimme auch mit ihm überein, wenn er die Tat isoliert von der Gesamtsituation beurteilt. Leider gibt es in der deutschen Rechtsprechung keinen Tatenkatalog für psychische Straftaten. Wäre Herr Doktor Motzen mit einem Gegenstand, wie zum Beispiel einer Eisenstange auf meinen Mandanten zugegangen, so wäre Hubert Berger wegen Notwehr freigesprochen worden. Ich möchte den Bogen in die Psychiatrie spannen und alle Anwesenden Fragen, mit welcher Art der Psychischen Verletzungen man einen Vergleich, zu körperlichen Schmerzen herbeiführen kann. Extremes Mobbing über einen Zeitraum von einer Woche könnte man mit einem Schlag ins Gesicht vergleichen.

Mobbing über einen Zeitraum von einem Monat, mit einem Schlag in den Unterleib. Wird man ein Jahr genötigt, zur Verzweiflung gebracht und kann wochenlang nicht mehr schlafen, so würde der Vergleich sicher in eine schwere Körperverletzung münden.

Und jetzt legen wir die Messlatte einmal auf diesen einen Fall, den wir heute hier verhandeln, in dem der Beschuldigte nicht einen Tag, nicht einen Monat und auch nicht ein Jahr, sondern von einem Mann und seinen kranken Gehilfen permanent über Jahre auf das Schlimmste drangsaliert, gedemütigt und so sein intaktes Innenleben total zerstörten!". Hubert Bergers Verteidiger brauchte verbal keinen Übergang zum körperlichen Vergleich erzeugen. Dem Gericht und allen Anwesenden wurde es jetzt das erste Mal richtig bewusst, welche Qualen der Angeklagte über all die Jahre zu ertragen hatte.

„Das Problem, dass Hubert Berger momentan hat, ist die Tatsache, dass das Deutsche Rechtssystem keine Antwort auf diese Art der menschlichen Vernichtung hat!". Mit der schwerwiegenden Aussage traf Rainer Knie den Nagel genau auf den Kopf.

„In den Jahren, als unsere Vorfahren den Strafenkatalog für das deutsche Rechtssystem ins Leben gerufen hatten, dachte doch niemand daran, dass es Jahre später so eine krankhafte und perverse Art der Menschenverachtung einmal geben würde!". In die Aussage legte der Pflichtverteidiger sein ganzes Herzblut hinein und man sah ihm dies äußerlich auch an.

Wurden seine Ausführungen in den letzten Minuten noch von einer entschlossenen Körperhaltung geprägt, so ließ seine Spannung nach dem letzten Satz langsam nach und seine Schultern senkten sich etwas nach unten. „Hohes Gericht, ich möchte meine Ausführungen mit einem Bitte beenden. Sprechen sie Recht im Sinne der Paragrafen, aber und der Moral, denn das deutsche Volk hat ein Recht darauf!

Vielen Dank für ihre Aufmerksamkeit". Das waren die letzten Worte von Hubert Bergers Pflichtverteidiger Rainer Knie in dem Verfahren. Innerlich am Ende, äußerlich mit leichten Deodoranträndern im Achselbereich nahm er neben dem Angeklagten wieder auf der Anklagebank Platz. „Vielen Dank Herr Verteidiger für ihr Plädoyer. Herr Hubert Berger, als Angeklagter haben sie noch das letzte Wort.

Wollen sie von ihrem Recht Gebrauch machen?". Durch ein schüchternes Nicken bejahte er die Frage des Richters. „Hohes Gericht, Familie Motzen, heute nach einer geraumen Zeit, sehe ich die Tat aus einer ganz anderen Sicht. Ich fühle mich schuldig, da es mir vor einem knappen Jahr nicht gelungen ist, mein Problem, das durchaus vorhanden war, nicht anderweitig zu lösen.

Zum Zeitpunkt der Tat, war es aber für mich eine totale Erleichterung von einer übergroßen Last, von der ich mich befreite. Ich hatte keine moralischen Bedenken und auch das Gewissen meldete sich nicht.

Mein Rechtsempfinden war zu der Zeit gestört. Nicht aus niedrigen Beweggründen, nein bei mir ging es ums nackte Überleben. Der Druck, der täglich mein Handeln und Denken beeinflusste war am Ende nicht mehr auszuhalten. Ich möchte mich heute noch einmal bei allen entschuldigen, denen ich durch meine Tat großes Leid zugeführt habe!". Mit den Worten beendete Hubert Berger seine Ausführungen.

Der Vorsitzende Richter Karlheinz Schweier übernahm wieder das Wort und beschloss den letzten Verhandlungstag mit den Worten;" Ein nicht alltäglicher Prozess ist heute zu Ende gegangen. Ich möchte mich bei allen Beteiligten für die Art und Weise bedanken, mit der wir die nicht immer einfache Thematik besprechen konnten Als Termin für die Urteilsverkündung ist der 26 November, zehn Uhr vorgesehen!".

Obwohl alle Beteiligten sich ausführlich zu Wort meldeten und alle relevanten Abläufe noch einmal konkret und ausführlich besprochen wurden, konnte sich niemand mit einer Entscheidung anfreunden, die das Gesetz für diese Tat vorgesehen hat. Bei einer Verurteilung wegen Mordes müsste der Angeklagte Hubert Berger für fünfzehn Jahre hinter Gitter.

Bei einer Notwehr käme er sofort auf freien Fuß. Es war klar, dass das Thema überall sehr kontrovers diskutiert wurde. Die Presseberichte entfachten in der Öffentlichkeit enormes Aufsehen. Überall wurden Passanten von Reportern über Ihre Meinung befragt, Live-Diskussionen im Fernsehen fesselten Millionen von Zuschauern, Leserbriefe in allen

Zeitungen bekundeten weiter ein großes Interesse an dem Fall.

Man konnte fast sagen, dass ein ganzes Volk sich auf irgendeiner Art dieses Falles angenommen hatte. In illegalen Wettbüros konnte man das erste Mal Geld auf das Urteil setzen.

Und was ging in den Köpfen der Betroffenen vor? Hubert Berger bereitete sich in seiner Zelle auf den Tag der Urteilsverkündung vor. Durch das in der letzten Zeit immer mehr in den Vordergrund drängende Gefühl eines Schuldeingeständnisses konnte er sich selbst eine Verurteilung über einen längeren Zeitpunkt vorstellen. Wenn er zurückblickend an die letzte Zeit vor der Tat denkt, fühlt er sich jetzt doch wesentlich freier und gelassener. An sein neues Umfeld darf er bei der Betrachtungsweise nicht denken, denn an das hatte er sich noch nicht gewöhnen können und wie es aussieht wird es wohl noch lange dauern bis er, wenn überhaupt in der Lage sein wird, damit umzugehen. Hubert Berger hat sein eigenes ich wiedergefunden, er hat wieder eine Basis, auf die er irgendwann wieder etwas aufbauen konnte. Dieses Bewusstsein stärkte seine Zuversicht. Auch der Auftritt seiner Ex-Partnerin Jutta vor Gericht hat ihm sehr gut-getan. Und so ging Hubert Berger schon etwas gefasst aber nicht ohne Hoffnung zu seiner letzten öffentlichen Auseinandersetzung mit dem Rechtsstaat. Ganz anders war die Situation bei den fünf Richtern, die nach der turbulenten Verhandlungstagen Recht sprechen müssen.

Bereits am Abend des letzten Verhandlungstages versammelten sie sich in einem Nebenraum des Gerichtsgebäudes.

Hier vereinbarten die Roben Träger das weitere Vorgehen in der Strafsache Doktor Motzen. Dies sah nach einem kleinen Entscheidungsmarathon aus, denn bereits am nächsten Morgen um acht Uhr kamen sie wieder zusammen. Nach einer kurzen Begrüßung durch den Vorsitzenden Richter Karlheinz Schweier, begannen die Richter mit dem Festlegen des Strafmaßes. Plötzlich öffnete sich die Türe des Sitzungssaales Nr. 5 und ein nicht angemeldeter Gast betrat den mit Parkett getäfelten Raum.

Staatssekretär Strassnitz vom Justizministerium betrat mit noch zwei unbekannten Männern ganz überraschend den Sitzungssaal und unterbrach die Veranstaltung ohne Begrüßung. „Sehr geehrter Vorsitzender Richter Schweier, meine Herrn Richter, ich komme gerade vom Ministerpräsidenten, der sie noch einmal auf die Tragweite des Urteils hinweisen möchte. Er appelliert an ihre Loyalität und an ihre Möglichkeiten, den Spielraum, den sie auch in dem

Verfahren so auszuschöpfen, dass Doktor Motzen auf keinen Fall, ich wieder hole auf gar keinen Fall als Mitschuldiger in Erscheinung treten darf. Ich darf sie noch einmal daran erinnern, dass der Ermordete jahrelang unsere Parteikasse immer gut genährt hat und als Vorbild in unserer Partei angesehen wird. Sollte das Urteil im Sinne der Regierung gefällt werden, so könnte sich für jeden einzelnen von ihnen einmal eine Tür öffnen, die ihrer Zukunft eine gute Perspektive bieten kann.

Meine Herren, ich hoffe, ich habe mich deutlich genug ausgedrückt. Und dieses Gespräch heute Morgen hat auch nie stattgefunden.

Ohne Gruß verließen die drei den Sitzungssaal und ließen das Richtergremium etwas unsortiert zurück. Minutenlange Stille deutete auf eine gewisse Hilflosigkeit hin. Nur langsam kam wieder die Normalität zurück. Etwas gezeichnet versuchte der Vorsitzende Richter Karlheinz Schweier sich und die anderen wieder auf ihre eigentliche Aufgabe einzuschwören. Dies gelang ihm aber überhaupt nicht, da die anderen eine Menge Fragen an ihn richteten.

Die nächsten zwei Stunden wurde eigentlich nur über den Auftritt des Staatssekretärs diskutiert. Karlheinz Schweier unterstrich noch einmal sehr massiv die Bedeutung der Politik im Rechtsstaat, verwies aber immer wieder auf die Unabhängigkeit eines Deutschen Strafgerichts. Mehrere Stapel von Gesetzesbüchern türmten sich auf den Tischen, als man sich wieder auf das Wesentliche besann und mit einer nicht eingeplanten Verspätung endlich den Arbeitstag begann.

Schnell stellte sich heraus, dass sich die fünf noch lange nicht einig waren. „Die Tat allein ist ohne irgendeinen Abstrich eindeutig als ein heimtückischer Mord anzusehen und die Ausführung kann man durchaus als kaltblütig bezeichnen! Ich denke da sind wir uns wohl alle einig". Diese Erklärung von Richter Walter Beistle bejahten seine Kollegen ohne Einschränkungen. Die alles entscheidende Frage formulierte Laienrichter Kaspar Reiß, in dem er den psychischen Zustand des Täters bei der Tat ansprach.

„Wie weit muss ein intaktes Innenleben beschädigt sein, um so eine grausame Tat zu begehen, welche Sicherungs-mechanismen haben da versagt?". „Ich weiß es nicht!", antwortete Richter Sven Neuhaus, „und ich denke das Rätsel werden wir wohl nie ganz lösen", mit den Worten unterstrich er seine Unentschlossenheit. Laienrichter Kaspar Reiß versuchte einen Vergleich herbeizurufen, indem er den Verlust seiner Frau Jutta, das abkehren seiner besten Freunde, die über Jahre hinweg gelittene

Schlaflosigkeit, das Leben in seiner Isolation und die allzeit gegenwärtigen Gedanken über einen Selbstmord, gegen eine Tat mit körperlichen Folgen abzugleichen.

Er stellte jedem einzelnen die Frage und forderte auch einen vergleichbaren Tatbestand. Richter Sven Neuhaus antwortete nach kurzer Überlegung, „Schwere Körperverletzung"! „Erpressung", hörte man Richter Walter Beistle sprechen. „Herr Vorsitzender, was sehen sie als vergleichbar an?", mit den Worten hakte Laienrichter beim Verhandlungsführer, Richter Karlheinz Schweier ein. „Doktor Motzen hat den Angeklagten Hubert Berger innerlich langsam auf eine ganz furchtbare Art getötet".

Leicht irritiert, durch die doch eindeutige Aussage, befragte er zum Schluss noch den zweiten Laienrichter Peter Naumann. Naumann antwortete kurz und bündig: „Schwerer Diebstahl, denn das Opfer, Herr Doktor Motzen hat dem Angeklagten sein intaktes Leben gestohlen und nur ein gebrechliches äußeres übrig-gelassen!".

Der Vorsitzende Richter resümierte die Antworten und erkannte, dass jede einzelne Antwort ausreichen würde, um den Tatbestand der Notwehr zu erfüllen. Wichtig war, dass sich die fünf mit ihren Aussagen immer näherkamen.

Das Problem lag eindeutig darin, dass das Strafgesetz keinen einzigen Passus beinhaltet, der den Tatbestand von Mobbing in irgendeiner Weise aufgreift.

Diese Tatsache war in den nächsten Stunden der Mittelpunkt der Diskussion und alle Beteiligten taten sich sehr schwer eine Argumentation zu finden, um Recht zu sprechen. Der Tatbestand von Nötigung und Erpressung, von unterlassener Hilfeleistung und der Missbrauch von Gleichheitsprinzipien wurden nur am Rande erwähnt, da diese vom Gesetz grundsätzlich verfolgt werden, aber in dem Fall nicht zur Anwendung kommen konnten, da diese Delikte nicht reell waren.

Das Richtergremium saß noch bis dreiundzwanzig Uhr zusammen und erreichte tatsächlich noch eine Übereinstimmung, die auch am Ende von allen getragen wurde. Der Weg dahin war sehr steinig und einige Kritikpunkte wurden sehr persönlich ausgetragen.

Ein Hauptgrund war neben dem komplexen Fall der Auftritt vom Staatssekretär des Justizministerium Herr Strassnitz, dessen Worte an das hohe Gericht eigentlich den Tatbestand von Nötigung beinhaltete. Da Richter letztendlich auch nur Menschen sind konnten sie sich dem zweideutigen Angebot nicht komplett entziehen.

Um den Spagat erfolgreich zu Ende zu bringen, war jetzt der Vorsitzende Richter Karlheinz Schweier gefragt, der bei der Urteilsbegründung am übernächsten Tag die Worte so wählen muss, dass das Opfer, Opfer bleibt und der Täter trotzdem nicht zu einer lebenslangen Freiheitsstrafe verurteilt werden sollte.

Alle Roben Träger waren innerlich zufrieden, als sie gegen Mitternacht den Weg nach Hause antraten. Hubert Bergers Pflichtverteidiger Rainer Knie brauchte die zwei verhandlungsfreien Tage, um sich weiter zu erholen. So einen Prozess hatte er noch nie erlebt und er hat auch im Verlauf des Strafverfahrens über fünf Kilogramm an Gewicht verloren. Er war mit dem Verlauf und seiner Art den Prozess so zu führen zufrieden.

Diese Einschätzung wurde noch durch positive Presseberichte und anerkennenden Worten von Kollegen gestützt. Rainer Knie war klar, dass es für Exekutive sehr schwer werden würde in dem Fall, Recht zu sprechen. Reichen die Argumente der Verteidigung aus, dann müsste das Gericht auf Notwehr in einem besonders schweren Fall entscheiden und seinen Mandanten sofort auf freien Fuß setzen. Erkennt das Gericht auf schuldig und beurteilt die Schilderungen aller im Prozess Beteiligten nicht in dem Maße, so muss Hubert

Berger, wegen Mordes für mindestens fünfzehn Jahre hinter Gitter.

In gleicher kontroverser Art wurde das Urteil im deutschen Blätterwald schon vorweg-genommen. Experten meldeten sich zu Wort und brachten ihre Meinung ein.

Die Regenbogenpresse stand eindeutig hinter Hubert Berger und brachte auch schon seit Wochen Geschichten aus seiner Kindheit, seines Privatlebens und befragten Bekannte die, die eine oder andere Story zu erzählen wussten. Die großen deutschen Tageszeitungen gingen das Thema wesentlich sensibler an und begründeten ihre unterschiedlichen Interpretationen durch Juristen. In den letzten Jahren hat wohl kein Fall in Deutschland so viel Aufsehen erregt wie der Mobbing-Mord vor dem Fabrikgelände. Millionen von Menschen sehen parallelen von dem Fall zu ihrer eigenen Lage im Berufsleben.

Dem entsprechend war auch die Medienpräsenz am Tag der Urteilsverkündung vor dem Schwurgericht. Über zweihundert Polizisten waren anwesend, um einen reibungslosen Ablauf zu garantieren. Der Andrang war nur schwer zu bewältigen und auf Grund der begrenzten Platzmöglichkeiten konnten nur zehn Prozent der Wartenden in das Gerichtsgebäude gelangen.

Eine Stunde vor der Urteilsverkündung kam es zu einem geheimen Treffen zwischen dem Vorsitzenden Richter Karlheinz Schweier, Hubert Bergers Pflichtverteidiger Rainer Knie einem Vertreter des Justizministeriums und dem Oberstaatsanwalt Jürgen Schrepfer.

Nach nur zwanzig Minuten verließen sie nach einander und in verschiedenen Richtungen den Nebenraum, in dem sie eine richtungsweisende Entscheidung trafen. Hubert Berger wurde relativ früh in das Gerichtsgebäude geführt. Er hatte einen grauen Anzug, eine blau, blau gestreifte Krawatte an und er stand in schwarzen Halbschuhen vor dem Richtertisch Rechts und Links von ihm standen zwei Justizbeamte, die ihn an jedem Prozesstag begleiteten.

Mit dem Eintreffen seines Pflichtverteidigers und dem Oberstaatsanwalt Jürgen Schrepfer erkannte Hubert Berger so langsam die Bedeutung des heutigen Tages.

Voller Spannung saßen die Zuhörer und Presseleute in dem bis zum letzten Platz gefüllten Verhandlungsraum des Schwurgerichtes. Gespannt warteten alle auf das Öffnen der Seitentür und dem Hereintreten der fünf Richter. Durch das ruckartige Öffnen der schweren Eichentüre und dem entschlossenen Einmarsch der Richter verstummte für ein kurze Zeit das Gemurmel im Zuhörertrakt. „Ich bitte sie, sich kurz zu erheben" mit den Worten eröffnete der Gerichtssprecher kurz nach zehn Uhr den letzten Verhandlungstag mit der Urteilsverkündung.

Nach der Begrüßung des Vorsitzenden Richter Karlheinz Schweier und einem kurzen Handzeichen nahmen alle Anwesenden wieder Platz." Im Namen des deutschen Volkes ergeht folgendes Urteil", parallel zu den ersten Worten des Vorsitzenden Richters erhob sich Hubert Berger von seinem Stuhl und vernahm das Urteil im Stehen. „Der Angeklagte Hubert Berger ist schuldig an dem Tod von Doktor Motzen und wird zu einer Gefängnisstrafe von fünf Jahren verurteilt"!

In der Begründung erläuterte der Richter das Strafmaß. „Wir haben bei dem Prozess monatelang über eine Tragödie mit zwei Opfern verhandelt.

Auf der einen Seite der getötete, ein Mann, der erfolgreich ein Unternehmen leitete, der großzügig soziale Einrichtungen unterstütze, der Einfluss auf eine erfolgreiche Politik nahm und als angesehener und einflussreicher Bürger unserer Stadt bekannt war. Der andere, der Täter war jahrelang als Personalvorsitzender im gleichen Unternehmen tätig. Herr Hubert Berger hat sich in der Zeit vorbildlich für die Schwachen eingesetzt und war als menschliches Vorbild anerkannt. Man fragt sich heute, wie konnte es zu so einer schrecklichen Tat kommen?

Die Psyche, die Gedanken jedes einzelnen sind schwer einsehbar und deshalb kann man gewisse Strömungen von außen nicht erkennen. Man kann etwas erahnen, aber das ist sind nur Vermutungen. Wie wir im Prozess erfahren haben wurde Hubert Berger richtig böse mitgespielt und das Benehmen der Bereichsleiter gegenüber dem Opfer ist nur schwer nach zu vollziehen.

Diese krankhafte Neigung des gesamten Führungs-apparates ist auf das heftigste zu kritisieren und das ist auch auf keinen Fall in irgendeiner Art zu entschuldigen.

Durch das jahrelange Martyrium wurde das Opfer, das dann in seiner großen Verzweiflung zum Täter wurde, systematisch zerlegt und fast in den Wahnsinn getrieben.

Für alle anwesende und das Gericht ist es schockierend, dass man in unserer Gesellschaft einen Menschen zu Fall bringt, obwohl sie ihm gegenüber als Vorgesetzter eine Führsorgepflicht hatten. Die Staatsanwaltschaft erwägt auf Grund der Ermittlungen in dem Fall ein Verfahren gegen alle Bereichsleiter zu eröffnen. Kommen wir zum Täter Hubert Berger. Man darf aber auch dann nicht einen anderen Menschen töten, wenn man seelisch sehr belastet ist.

Denn ein Tötungsdelikt ist das schlimmste was man einem anderen Menschen antun kann. Dass die Tat aus einer Extremsituation heraus ausgeführt wurde lindert den Mordvorwurf, missbilligt aber die Tat auf das schärfste und rechtfertigt auch nicht so eine Tat. Das Strafmaß von fünf Jahren für den Täter mag für viele als zu gering angesehen werden. Nimmt man aber das ganze Geschehen zu rate, dann kommt man der Gerechtigkeit schon ein Stück näher. Hubert Berger hat durch das gezielte und vorsätzliche Mobbing, dass man sehr konsequent an ihm verübt hat sein komplettes Umfeld verloren und steht jetzt vor dem Nichts.

Entscheidend für die Urteilsfindung durch mich und meine Kollegen der Richterschaft war der Tatbestand, dass der verurteilte bei seiner Tat reagierte, das heißt er hat sich gewehrt, und war deshalb nicht der Initiator.

Das Opfer, Herr Doktor Motzen hat uns einige Fragen offengelassen. Nach außen hin kennen wir Ihn als einen großzügigen Menschen, der durch sein soziales Engagement vielen von uns geholfen hat. Seine Fähigkeiten, ein so großes Unternehmen erfolgreich zu führen, sind über die Grenzen unserer Stadt hinaus hinlänglich bekannt. Und trotzdem muss da etwas in ihm sein, das ihn bewog, einen anderen Menschen großes Leid zuzuführen. Dieses warum. oder wieso werden wir letztlich wohl nie erfahren.

In diesem Fall können wir nur Vermutungen anstellen, und selbst die, werden immer von einer gewissen Unsicherheit geprägt sein!". Nach genau neunzig Minuten beendete der Vorsitzende Richter Karlheinz Schweier seinen begründeten Urteilsspruch und dem Hinweis, dass binnen zwei Wochen noch ein Antrag auf eine Revision des Urteils gestellt werden kann. Anschließend verließ er mit seinen Richterkollegen den Gerichtsaal.

Die vielen Fotographen mussten sich beeilen, wenn sie noch ein Foto vom Verurteilten Täter Hubert Berger bekommen wollten, da dieser sofort mit zwei Justizbeamten den Raum der Urteilsverkündung verließ. Als gefragte Interviewpartner standen jetzt nur noch der Oberstaatsanwalt Jürgen Schrepfer und Huberts Pflichtverteidiger Rainer Knie der übergroßen Presseschar zur Verfügung. Man konnte zwei große Menschentrauben vor dem Schwurgerichtsgebäude sehen, in deren Mitte jeweils die Genannten sich den vielen Fragen der Journalisten stellten und ausführlich darauf antworteten. Als nach weiteren zwei Stunden keine weiteren Fragen mehr an die beiden gestellt wurden, endete einer der umstrittensten Mordprozesse in Deutschland.

Normalität schlich aber in der Stadt erst am nächsten Tag wieder ein, als die große Anzahl der Medienberichterstatter wieder den Schauplatz verließen und zum nächsten Ereignis zogen. Aufzulösen wäre noch das Treffen der Richter mit dem Oberstaatsanwalt, Huberts Pflichtverteidiger und dem Herrn vom Justizministerium kurz vor der Urteilsverkündung.

Alle Beteiligten einigten sich darüber, dass in dem speziellen Fall von keiner der beiden Parteien ein Antrag auf eine Revision nach dem Urteil gestellt wird.

An diesem Fall erkannte die Politik, dass das Thema Mobbing im Deutschen Rechtssystem nicht in dem Maße verankert ist, wie es seinem Stellenwert entspricht.

Es dauerte aber über drei Jahre, bis der Gesetzentwurf vom Bundestag genehmigt wurde. Hubert Bergers Pflichtverteidiger Rainer Knie wurde auf Grund seines engagierten Auftretens vor Gericht von der gesamten Kollegenschar eine große Zukunft prophezeit, die er größtenteils erfüllen konnte und seit dem in der größten Kanzlei Berlins beschäftigt ist. Hubert Berger wurde nach zwei Drittel seiner Strafe und dem Anrechnen der Untersuchungshaft nach genau drei Jahren aus der Haft entlassen, in der er noch ein Buch über das Erlebte schrieb, mit dem er vor allem sich ein finanzielles Polster schaffen konnte, für die Zeit danach.

Dass Hubert seinen Seelenfrieden wiedergefunden hat, lag aber allein an der Tatsache, dass seine geschiedene Frau Jutta den Weg wieder zu ihm gefunden hat und beide sich für eine gemeinsame Zukunft entschlossen haben.

Der Mobbingmord an Doktor Motzen verhalf in den nächsten Jahren den vielen Menschen, die in ähnlicher Situation wie Hubert waren zu mehr Gerechtigkeit. Seit der Tat, also seit drei Jahren werden vor den deutschen Gerichten über zwölftausend Prozesse geführt, dessen Inhalte, vom Ursprung genau mit dem zu vergleichen sind, wie es Hubert Berger widerfahren ist.

PS. Übrigens alle Richter, die an dem Mordprozess Doktor Motzen beteiligt waren, hatten in der nächsten Zeit ein überdurchschnittliches Voran-kommen in ihrem Berufs-leben.

Lieber Leser, ich denke jedem von uns ist so ein Thema in einer abgeschwächten Form sicherlich schon einmal begegnet. Wie haben sie reagiert? Ich würde mich freuen, wie auch Hubert Berger, wenn sie beim nächsten erkennen von den genannten eindeutigen Situationen, ihre Hilfe anbieten, damit

119

sich so eine oder ähnliche Tat nicht mehr wiederholt.

Der Kindersoldat

Bei den Deutschen Senioren Leichtathletikmeisterschaften in Halle beobachtete ich das Diskuswerfen der Männer über 90 Jahre. Ich wollte schon weitergehen, als mich ein bis dahin unbekannter, älterer Herr ansprach. Im Verlauf des Gespräches erzählte er mir von seiner erfolgreichen sportlichen Laufbahn. Später lenkte er seine Worte in die Vergangenheit und sprach von seinen Erlebnissen als 16-jähriger Gymnasiast, der mit seiner Klasse im Januar 1944 spontan eingezogen wurde und von heute auf morgen sein Vaterland verteidigen musste. Anbei seine Geschichte.

Langsam schlängelte sich die Straßenbahn Nr. 1 über die Löschwitzer Brücke Richtung Innenstadt. Neben mir saß mein 12-jähriger Bruder Klaus, gegenüber von uns unsere Eltern. Wir sind schon oft gemeinsam in die Innenstadt gefahren. Nur heute war die Stimmung nicht ganz so ungezwungen. Im Gesicht meiner Mutter spiegelte sich ein nachdenklicher und auch etwas sorgenvoller Ausdruck wider. Mein Vater sprach mit ruhiger, ernster und besonnener Stimme einige sinnvolle

Verhaltensregeln mit mir ab. Es ging um Aufmerksamkeit, Disziplin und Vorsicht. Der Einzige, der die beschauliche Runde auflockerte, war mein Bruder, der an seinem Taschenmesser alle Funktionen ausprobierte. Unterbrochen wurden wir durch den plötzlichen Ruf des Straßenbahnschaffners „Königsheimplatz". Durch das Bremsgeräusch und das ruckartige Anhalten war die Aufmerksamkeit auf die geöffnete Türe gerichtet. Dort stiegen meine beiden Schulkameraden Hans und Wilhelm ein. Wilhelm wurde von seinen Eltern begleitet, Hans von seiner Mutter. Der Vater von Hans war vor einem Jahr in Russland gefallen. Nur zögerlich kam ein Gespräch zwischen uns in Gang. Vor einer Woche wäre das unvorstellbar gewesen, denn Wilhelm saß der Schalk im Nacken und er hatte immer einen Scherz auf Lager. Aber heute war es irgendwie anders. Die Stimmung in der Straßenbahn erinnerte mich heute eher an einen Kirchenbesuch. Das änderte sich auch nicht, als wir die Fetscher Straße überquerten. Die Betriebsamkeit auf den Straßen nahm jetzt etwas zu, da wir uns der Innenstadt näherten. Der Blasewitzer Straße folget die Gerokstraße und schließlich die Sachsenallee. Fast zeitnah kamen wir zur Haltestelle Sachenplatz. Bereits aus dem Fenster blickend erkannte ich eine große Betriebsamkeit. Fast die kompletten Klassen fünf und sechs des König-Georg-Gymnasiums waren bereits am Sachsenplatz versammelt. Bei vielen waren die Eltern zur moralischen Unterstützung dabei. Den alten Koffer meines Vaters in der rechten Hand und mit einem mulmigen Gefühl verließ ich als einer der Letzten die Straßenbahn und gesellte mich zu meinen Mitschülern. Lautes Stimmengewirr schlug mir entgegen und nur mit Mühe konnte ich mich in den Pulk einordnen.

Wie in der Schule hatten die bekannten Wortführer ihre Schulkameraden bereits um sich geschart, um markige Worte in die Runde zu werfen. Die laute Stimme war nicht mein Markenzeichen. Schüchtern war ich nicht, vielleicht etwas introvertiert. Kreativität, Ideenreichtum und Spontanität waren bei mir sehr gut entwickelt, damit konnte ich mich in der Klasse ganz gut behaupten. Um zehn Uhr sollten wir abgeholt werden, doch jetzt war es bereits 11 Uhr 30. Einige Eltern verabschiedeten sich bereits von ihren Kindern und so wurde unsere Gruppe immer kleiner. Auch die anfänglich ängstliche, spannende Kommunikation hatte mittlerweile merklich abgenommen.

Die Temperatur lag bei minus 3 Grad und allmählich froren mir die Glieder ein. Da der Sachsenplatz ein Verkehrsknotenpunkt ist und laufend Menschen kommen und gehen, war zu erwarten, dass einige Passanten uns ansprechen würden. Schließlich waren nicht jeden Tag Heranwachsende unterwegs, die während der Schulzeit an einem der lebhaftesten Standorte den Verkehr behinderten und die zudem alle unterschiedlich großen Gepäckstücke bei sich hatten. Die Passanten stellten uns Fragen, die wir in unserer unbekümmerten Art brav beantworteten.

Uns selbst war bis jetzt allerdings auch nicht ganz klar, warum wir hier standen. Das heutige Treffen auf dem Sachenplatz hatte seinen Ursprung in der dritten Unterrichtsstunde Mathematik vor 3 Wochen im König-Georg-Gymnasium. Ohne Vorankündigung betrat ein Unterscharführer der SS unseren Unterricht und forderte uns auf, am kommenden Wochenende zum Wehrertüchtigungslager zu kommen, um uns mustern zu lassen. Das Kommen sei Pflicht und wer diese Anordnung nicht befolge, habe mit einer Verhaftung zu rechnen.

Das hatte bei uns Heranwachsenden einen großen Eindruck hinterlassen. Uns war schon klar, dass wir uns bereits im fünften Kriegsjahr befanden und wir auch einmal Einschränkungen in Kauf nehmen müssten. Aber dieser Auftritt hatte bei uns Jungen den Krieg das erste Mal ins Klassenzimmer gebracht. Das Ergebnis der angeordneten Musterung war, dass von den rund 170 Schülern der fünften und sechsten

Klassen des König-Georg-Gymnasiums etwa 135 als kriegsdiensttauglich ein-gestuft wurden.

Mittlerweile war es Mittag und immer noch verharrten wir frierend auf dem Sachenplatz. Mit dem 12-Uhr-Läuten der Kirchenglocke erschienen fünf Militärlastwagen mit einer Ladefläche ohne Verdeck. Zu einer geregelten Verabschiedung kam es zwischen den wenigen noch da gebliebenen Eltern und uns Zöglingen nicht mehr. Die zackigen Anweisungen der schon etwas älteren Soldaten waren kurz und eindeutig. Binnen Minuten standen wir auf der Ladefläche der Militärlaster und ohne große Umschweife ging es sofort los. Über die Innenstadt fuhren wir zum Heller. Ohne eine Essenspause wurden wir nach einer geraumen Zeit in Baracken untergebracht, getrennt nach Jahrgang 1927 und 1928. Nach den ersten Anweisungen über die nächsten Wochen im Lager wurden wir uns selbst überlassen.

Nur sehr langsam fanden wir in der Baracke unser neues Zuhause. Es war eine große Umstellung, von einem Tag auf den anderen mit 30 Schulkameraden in einem Raum zusammenzuleben und nicht mehr so ungestört wie mit seinem Bruder daheim. Erstaunlicher Weise machte mir die Umstellung nicht viel aus und ich fand mich gut in die neue Situation ein. Der einzige Nachteil waren die niedrigen Temperaturen in der Nacht. Die minus 10 Grad konnte der Kanonenofen im Raum jedoch gut ausgleichen und wir bewegten wir uns meist sogar um plus 15 Grad. Wenn einer von uns nachts aufwachte, schob er Holz im Ofen nach. Das Essen war reichlich und es schmeckte mir ausgezeichnet.

Nachdem wir die anfängliche Umstellung mehr oder weniger gut überstanden hatten, zeichnete sich ein geregelter Arbeitsablauf ab. Für die nächsten sechs Wochen war eine Grundausbildung in „Flakschießlehre" vorgesehen. Ich empfand es als eine gute Abwechslung, statt Schulstunden eine Schießausbildung zu absolvieren. Unser Ausbilder hieß Oberleutnant Willeke. Seine Ansprachen waren direkt und klar. Sein fehlendes pädagogisches Einfühlungsvermögen machte uns nichts aus, da es meist um lebenswichtige Dinge ging. Der Umgang mit ihm brachte uns von Tag zu Tag mehr Selbstvertrauen, da er über einem reichhaltigen Erfahrungsschatz verfügte.

Seine Art, mit uns Heranwachsenden umzugehen, ließ bald die ersten Erfolge bei unserer unerfahrenen Truppe erkennen. Es stellte sich sehr schnell heraus, wer von uns Kindern im wahren Leben bestehen konnte. Die technischen Geräte weckten mein Interesse und so verbesserte ich mich beim täglichen Üben immer weiter. Unsere Batterie war mit acht

Geschützen Kaliber 8,8 cm, mit einem optischen Gerät (Viermeterbasis) einem Funkmessgerät und der Umwertung, der so genannten „Malsi", ausgerüstet. Schnell zeigte sich, dass ich mich für die Umwertung sehr gut eigne. Meine neue Aufgabe wurde als „U7" bezeichnet und so war mein Tagesablauf für die nächste Zeit festgelegt. Die von der Viermeterbasis ermittelten Werte wie Höhe, Seitenrichtung und Entfernung wurden elektrisch an die Geschütze übertragen, umgerechnet und mit den Vorhaltewerten versehen. Automatisch stellte sich dann anhand der Entfernung die Zünder Laufzeit ein. Auch eine akustische Übertragung vom Umwertegerät war möglich. Dort wurden die Zielflüge auf einen Tisch in die Kartenebene übertragen. Anderseits konnten wir aber auch über bestimmte Trapeze die Werte für Sperrfeuer weitergeben.

Zur Nachtpeilung gab es noch ein spezielles Funkmessgerät, das jedoch sehr störanfällig war. Am meisten bemerkte man dies, wenn die anglo-amerikanischen Bomber sogenannte Silberstreifen abwarfen. Unser „Kinderbatterie" trainierte täglich den Ernstfall und so schafften wir es nach vier Wochen Ausbildung, vom Auslösen des Alarms bis zur Gefechtsbereitschaft die Zeit auf vier Minuten zu setzen. Dieser Wert war vergleichbar mit allen

Alarmbereitschaften des Deutschen Reichs. Parallel dazu wurden wir in der Kleiderkammer mit der passenden Ausrüstung versehen. Neben dem Stahlhelm und einer Gasmaske erhielten wir noch eine Kampf- und eine Ausgehuniform. Ergänzend kam ein Drillichanzug, hohe Schuhe mit Gamaschen und ein attraktiver Kragen zum Ausgehen hinzu.

Die Mahlzeiten bekamen wir in einem Kochgeschirr. Das gute Essen, Gemüse, Fleisch, Soße, Teigwaren kam in das Geschirr und die Pellkartoffeln in die Mütze. So war es nicht verwunderlich, dass ich mein Körpergewicht innerhalb von einem Monat tatsächlich um drei Kilogramm erhöhen konnte. Einmal pro Woche gab es süße Nudeln in Milch, das war für mich jedes Mal ein Leckerbissen, für meine Kumpels war es eher gewöhnungsbedürftig und ich konnte mir jedes Mal den Bauch richtig vollschlagen. Da wir weiterhin getrennt von unseren Unteroffizieren und Offizieren in unserer Baracke lebten, entwickelte sich bei uns eine verschworene Gemeinschaft. Neben den normalen Bubenstreichen organisierten wir für uns das eine und andere Ereignis, um unserer jugendlichen Neugier gerecht zu werden.

Neben dem täglichen Drill wurden uns gewisse Privilegien zugestanden. Einmal pro Woche konnten wir für ein paar Stunden unsere Stellung verlassen.

Diese Zeit nutzten wir oft dazu, unsere Eltern zu besuchen. Meist brachten wir ihnen Kleinigkeiten zum Essen mit. Kunsthonig war dabei sehr beliebt. Im März 1944 wurden wir in das Hotel „Alberthöhe" in Hellerau umquartiert. Die Unterkunft war zwei Kilometer von unserer Stellung entfernt und so mussten wir bei jedem Probealarm diesen Streckenabschnitt im Laufschritt bewältigen. Für mich war dieser Lauf immer eine Herausforderung, um als erster in der Flakstellung anzukommen. Bei jedem Probealarm mussten wir alles stehen und liegen lassen und uns schnellstens zu unseren Abschussstellungen bewegen.

Es konnte vorkommen, dass wir täglich fünf Alarmsituationen simulierten. Durch das Ausdauertraining erlangten wir eine besondere Fitness. In der Stellung wurden die Abläufe immer und immer wieder geprobt, um schnellstmöglich die Kampfbereitschaft herzustellen. Laufend wurden meine Mitschüler an verschiedenen Stellen ausprobiert, um die Gefechtsfertigmeldung noch zu perfektionieren. Meine Aufgabe als „U7" beherrschte ich von Tag zu Tag immer besser. Diese abenteuerlichen Aufgaben gefielen uns Jugendlichen. Und so sahen wir uns bereits als ein unüberwindbares Bollwerk gegenüber den anglo-amerikanischen Luftstreitkräften. Deshalb gefiel es uns auch überhaupt nicht, als in der Alberthöhe bei Alarmpausen wieder der Schulunterricht eingeführt wurde. Neben Englisch und Deutsch wurde noch Mathematik gelehrt. Natürlich fiel uns die Umstellung schwer. Wir hatten uns gerade an den militärischen Drill gewöhnt, unsere körperlichen Fähigkeiten gestärkt und uns mental auf die Verteidigung unseres Vaterlandes eingestellt. Das ruhige Sitzen in der Hotellobby, das Erlernen von neuen Vokabeln und das Auftreten des neuen Lehrers brachten unseren Soldatenalltag durcheinander. Jetzt konnte es vorkommen, dass wir nach der Hälfte der Deutschstunde schnellstens unsere Verteidigungsbereitschaft in der zwei Kilometer entfernten Stellung erbringen mussten.

Diese Neuerung weckt bei uns Heranwachsenden wieder unsere kindliche Unbekümmertheit und wir reagierten mit einigen Jungenstreichen, die bei der betroffenen Lehrkraft nicht immer Freude auslösten. Wir waren inzwischen bereits den fünften Monat in unserer Ausbildung, die kalten Wintermonate waren vorbei und der Frühling ins Land gezogen. Alle vier Jahre ist die Maikäferpopulation so stark, dass diese surrende und schwerfällig fliegende Spezies in großen Mengen auftrat. Das machten wir uns zu eigen. Vor dem Englischunterricht sammelten wir über 50 Käfer ein und versteckten diese in dem im

Unterrichtsraum befindlichen Briefkasten. Unser Lehrer, Herr Jakoby bemerkte nach kurzer Unterrichtszeit und dem Ausfragen von speziellen Vokabeln ein monotones Brummen im Klassenzimmer. Er schenkte dem neuen Geräusch anfangs noch keine große Bedeutung und fuhr mit dem Unterricht fort. Da es den Krabbeltierchen in ihrer neuen Behausung immer weniger gefiel, wurde das Surren jetzt so laut, dass unser Lehrer dem Anfangsverdacht eines nichtdefinierbaren Geräusches jetzt auf den Grund ging. Schnell konnte er den Lärmpegel eingrenzen und stand jetzt gespannt vor besagtem Briefkasten. Dieser konnte mit einem einfachen Hebel geöffnet werden. Natürlich waren wir neugierig, wie Herr Jakoby unseren Jungenbubenstreich verarbeiten würde, wenn er die Verriegelung löste. Das überlaute Brummen der Krabbeltiere wurde von unserem schallenden Gelächter noch weit übertroffen. Geschockt und völlig überrascht wendete sich unsere Lehrkraft wieder uns zu. Zuerst reagierte er streng, ging dann aber doch entspannt mit diesem gelungenen Streich um.

Die Stunde war gelaufen, die Englischvokabeln waren nicht mehr wichtig und nur nach großer Anstrengung gelang es uns, die Maikäfer aus dem Unterrichtsraum zu entfernen. Dieser Streich tat uns

Kindern einfach gut. Der Krieg wurde für einen kurzen Augenblick aus unseren Köpfen vertrieben und unsere natürliche, kindliche Unbekümmertheit brachte uns zum ersten Mal zum Nachdenken, ob das, was wir hier machen, auch in Ordnung sei. In den nächsten Tagen wurde noch mehrmals über unseren Schabernack mit einem Schmunzeln in der Stellung gesprochen. In dieser Unbekümmertheit vergingen die nächsten Tage wie im Fluge.

Das änderte sich allerding im Mai 1944. Unsere Einheit wurde zu einem Übungsschießen nach Stolpmünde (Pommern)beordert. Hier holte uns die Realität sofort ein. Beim Spiegelbildschießen hätte es beinahe ein Unglück gegeben. Man hatte vergessen, den Umpoler einzuschalten. Die normalerweise drei Sekunden lang erklingende Feuerglocke war fast abgeklungen, als der Fehler gerade noch erkannt wurde. Den Schreck konnten wir nur langsam verarbeiten. Dabei half uns der Umstand, dass unser Batteriekoch zum Chefkoch aufgestiegen war und uns immer ein wenig bevorzuge. Nach Tagen der intensiven Übungen ging es Ende Mai wieder zurück nach Dresden. Gerade angekommen erfuhren wir von der Landung der Alliierten in der Normandie. Jetzt war das eingetroffen, was niemand für möglich gehalten hatte. Es begann das große Verschieben von Truppen im Reich. Zeitnah wurde unsere

Stellung nach Rochwitz verlegt. Nach kurzer Zeit kehrte etwas Ruhe ein und es begann wieder unser eingeschränkter Schulunterricht. Der tägliche Drill und das Lernen wurden daneben in aller Entschlossenheit weitergeführt.

Die Stellung mit den Luftabwehrgeschützen 8,8 hatte absolute Priorität. Schwänzte man eine Schulstunde, war dies nicht so schlimm und man sah darüber schon einmal großzügig hinweg. Ein Fernbleiben vom Schulunterricht brachte mich jedoch schnell in eine schwierige Situation. Da Rochwitz nicht allzu weit vom Loschwitzer Veilchenweg, meinem Elternhaus in Dresden, entfernt ist, verzichtete ich auf eine dieser Unterrichtsstunden und fuhr mit dem Fahrrad nach Hause. Einer herzlichen Begrüßung folgte das Mittagessen, das zu diesem Zeitpunkt nicht mehr so üppig ausfiel, da man bereits Lebensmittelmarken benötigte, um einkaufen zu können. Gerade als meine Mutter mit der Gaze den zweiten Nachschlag in meinen Teller leeren wollte, hörten wir vom eingeschalteten Volksempfänger, dass feindliche Flugzeuge im Anflug auf Braunschweig seien. Schnell ließ ich meinen Löffel fallen und war binnen kürzester Zeit auf dem Fahrrad. Den Schreck noch in den Knochen meisterte ich die steilen Anstiege der Robert-Dietz- Straße und Krügerstraße und erreichte gerade noch rechtzeitig unsere Flakstellung. Die knapp fünf Kilometer lange Strecke bin ich wohl in Rekordzeit gefahren. Geholfen hat mir dabei, dass ich bereits seit meinem siebten Lebensjahr kleine Radrennen bestritten hatte. Binnen vier Minuten war unsere Stellung feuerbereit und wir warteten auf unseren ersten Abwehrkampf. Nach fünfzehn spannenden Minuten gab unsere Luftüberwachung Entwarnung, da der komplette feindliche Verband in Richtung Süden abgedreht hatte. Natürlich wurde mein Schulschwänzen sanktioniert und ich musste in der nächsten Zeit vermehrt Wache schieben.

Anfang Juli 1944 erhielt ich ein paar Tage Urlaub, um mit meiner Mutter und meinem Bruder Bekannte in Pasing bei München zu besuchen. Zuerst verlief die Fahrt normal. Kurz danach blieb unser Zug auf freier Strecke plötzlich stehen. Erste Stimmen machten sich breit, die über Luftangriffe englischer Bomberverbände auf München berichteten. Aus dem Urlaub wurde nichts und ich verbrachte die restlichen Tage in Dresden im Kreise meiner Familie.

Am 21. Juli 1944 kehrte ich nach Rochwitz zurück. Zu meiner Überraschung war unsere Stellung verlassen, einschließlich aller Gerätschaften. Unsere

Flakbatterie war in meiner Abwesenheit nach Schortau im Geisental verlegt worden zum Schutz des Leunawerkes. Natürlich musste ich nachreisen. Das war aber nicht so einfach, da die Straßenbahnstrecke von Merseburg nach Bad Dürrenberg durch Bombenangriffe so zerstört worden war, dass keine Fahrt möglich war. Aber irgendwie musste ich ja unsere neue Stellung erreichen. Als Soldat, auch wenn man noch sehr jung war, ohne Marschbefehl aufgegriffen zu werden, konnte sehr schnell unrühmlich enden. Ich entschloss mich, den weiten Weg nach Schortau zu Fuß zu bewältigen. Mein schweres Gepäck stellte ich in der Weißenfelser Straße ab. Abgekämpft, hundemüde und völlig am Ende erreichte ich unsere Einheit in Schortau. Zum Glück fuhren am nächsten Tag die Straßenbahnen wieder und ich konnte mein deponiertes, schweres Gepäck abholen. Am 22. Juli 1944, meinem 16. Geburtstag war offenkundig, dass der Krieg unsere beschauliche Heimat erreicht hatte. Es tauchten immer wieder einzelne amerikanische Bomberverbände auf. Nur wenige Tage später wurde ich in Merseburg von einem Angriff überrascht.

Das Geheule der herabfallenden Bomben mit ihrem kurz später krachenden Aufprallgeräusch beunruhigte mich sehr und ich spürte die Angst hautnah. Unweit von mir gab es zwei Volltreffer durch

Sprengbomben, die aus den kurz zuvor noch hier stehenden Häusern nur noch Ruinen übrigließen. Nach einer geraumen Zeit habe ich mich in Schortau gut eingelebt. Hier wurde größtenteils Braunkohle gefördert und die Gegend hatte einen typischen ländlichen Charakter, der mir bis auf den Silage Geruch sehr gut gefiel.

Aus den Übungen, die wir in der Alberthöhe in Hellerau noch trainiert hatten, wurde von heute auf morgen schlagartig bitterer Ernst. In mehrtägigen Abständen flogen jetzt die viermotorigen Bomber der englischen und amerikanischen Verbände Tagesangriffe auf die Leunawerke, um ihre tödliche Fracht abzuladen. Sie flogen in etwa 7000 Meter Höhe mit konstanter Geschwindigkeit. Die fast nicht endenden fliegenden Festungen spiegelten sich in der Sonne wie Sterne am Himmel. Jetzt griff ich persönlich das erste Mal in das Kriegsgeschehen ein. Als Bediener des Umwertegerätes „Malsi U7" stand ich im Mittelpunkt des Kampfes. Wir gaben die Zielwerte direkt an die Geschütze weiter in Form von Sperrfeuer in die vorgesehenen Planquadrate. Unsere „Malsi" erwies sich als sehr effektiv und so erzielten wir mehrere Abschüsse der mächtigen fliegenden Festungen. Bei unserem ersten Einsatz holten wir fünf gegnerische Bomber vom Himmel. Man konnte sehr gut erkennen, wie die Granaten

Flugzeuge getroffen hatten, diese dann ins Trudeln gerieten, die Besatzung mit Fallschirmen aus den brennenden Stahlkolossen sprang und das Wrack anschließend mit ungebremster Wucht am Boden einschlug und brannte. Einer der abgeschossenen amerikanischen Piloten landete unmittelbar in unserer Stellung.

Wir jungen Buben staunten am meisten über die großartige Bekleidung des abgesprungenen Piloten. Alles aus feinstem Leder, am Kragen war ein Pelzbesatz und die Schuhe waren von allerbester Qualität. Er sprach in einem gebrochenen Deutsch: „Deutscher Soldat gut, aber zu wenig"! Nachdem unser Einsatz beendet war, konnten wir einen Tag zu unserer freien Gestaltung nutzen. Eines der abgeschossenen Flugzeuge zerschellte unweit unserer Stellung auf einer Wiese in der Nähe eines Dorfes. Von Neugier getrieben suchten wir am Abend nach dem Fundort und erbeuteten diverse elektrische Artikel, die nicht komplett zerstört worden waren.

Ganz ähnlich vergingen die nächsten Wochen und unsere Alarmbereitschaft wurde allmählich zur Routine. Trotz des Kriegseinsatzes gingen unsere kindlichen Seiten nicht ganz verloren. Bot sich eine Gelegenheit, einen Schabernack zu treiben, wurde diese sofort ergriffen. Eines Morgens mussten wir außerplanmäßig antreten. Ich war wohl der einzige, der den Grund wusste. Unteroffizier Büttermann vermisste seinen Stahlhelm und verdächtigte mich. Ich hatte den Helm in einer Mondnacht „organisiert", da meiner schon in Rochwitz abhandengekommen war. Sorgfältig hatte ich alle Initialen und andere Merkmale entfernt, die auf den Helm des Offiziers hätten hinweisen können und kam mit Behauptung durch, es sei mein Helm aus der Kleiderkammer in Dresden. 1:0 für mich und vor allem fünf Tage Bau erspart.

In der nächsten Zeit kam es zu keinen Kampfhandlungen und es wurde ein provisorischer Schuldienst aufgebaut. Als Unterrichtsort wurde eine kleine Schlucht auserkoren. Unser Betreuungslehrer hieß Dr. Leonhard, den wir Heranwachsenden nur „Lello" nannten. „Lello" lehrte Biologie (Mendel), Chemie (Schieß-und Sprengstoffkunde) und auch noch Astronomie. So wurden wir in unregelmäßigen Abständen zwischen den Flugzeugabwehr-geschützen und in schulischen Fächern weitergebildet. Wir haben uns gut eingerichtet und es kam Routine in unseren Tagesablauf. Dass wir Jungen immer wieder versuchten, diese Langeweile zu durchbrechen, lag auf der Hand. Rings um unsere Schulstundenschlucht standen wunderschöne Obstbäume mit herrlichen Früchten. Die Natur hatte es in diesem Spätsommer sehr gut gemeint und so konnten anfangs noch zögerlich, dann mit zunehmender Zeit immer öfter die süßen Früchte vom Baum holen. Einer dieser Versorgungsgänge wäre uns beinahe zum Verhängnis geworden. Mein Kamerad Manfred Schütze und ich aßen uns im Gras sitzend gerade an Pflaumen und den rotbäckigen Renetten satt, als uns ein Bauer sah und verfolgte. Im Laufschritt konnten wir den Bauern schnell abhängen. Als wir uns in unserem Schlucht-Klassenzimmer hinter einigen Sträuchern verstecken konnten, sahen wir kurz darauf, wie sich der schwer atmende Bauer mit unserem Lehrer unterhielt. „Lello" hielt dicht und übergab uns nicht dem verärgerten Bauern.

Das Organisieren von Lebensmitteln gehörte mittlerweile zum festen Bestandteil unseres Tagesablaufs. Gerade wir Jugendlichen litten sehr darunter, dass die Tagesrationen reduziert wurden, da wir für unser Wachstum sehr viel Energie benötigten. Mit zunehmender Zeit wurden wir immer erfinderischer. Unser Lehrer Dr. Leonhard war ein starker Raucher. Gerade bei Zigaretten und Tabak gab es im Spätsommer 1944 einen Versorgungsengpass. Notgedrungen musste eine Alternative gefunden werden. Getrocknete Birkenblätter statt des gewohnten Tabaks wurden in das Zigaretten-papier gedreht. Die passende Marke für den außergewöhnlichen Rauchgenuss war schnell gefunden: „Bahndamm dritte Ernte". Unsere Essensknappheit förderte unsere Kreativität weiter. Wir versuchten, unterschiedliche Naturprodukte miteinander zu mischen, um unsere hungrigen Mägen zu füllen. Nach Tagen der Findungsphase war uns der Durchbruch gelungen. Mit Zuckerrüben und Kartoffeln vom fruchtbaren Acker, mit einer kleinen Beigabe von Margarine, buken wir wohlschmeckende Kartoffelpuffer. Mit der neuen Speise konnten wir unsere hungrigen Mägen bei Engpässen zufriedenstellen.

Unsere Kindersoldateneinheit bestand jetzt schon über ein halbes Jahr. Folgerichtig standen die ersten Beförderungen an. Die Hälfte von uns wurde vom „Luftwaffenhelfer" zum „Luftwaffenoberhelfer" befördert. Durch meine guten Leistungen bei den feindlichen Luftangriffen war ich auch befördert worden, denn schließlich wurden durch unsere Übermittlungen an die Flakgeschütze einige amerikanische Bomber vom Himmel geholt. Verbunden war die Beförderung mit einem kurzen Urlaub von ein paar Tagen. Diese unverhoffte Freizeit nutzte ich zu einer Fahrt zu meinem Onkel, der in Hecklingen eine große Konservenfabrik besaß. Des Weiteren leitete er noch einen großen

Agrarbetrieb in der Börde. Er hatte auch das Privileg, einen Lastwagen zu besitzen. Die Fahrt mit diesem Vehikel war sehr abenteuerlich, da es sich um einen LKW mit einem Holzgenerater handelte.

Diese Reise tat mir gut, denn hier konnte ich dem Kriegsalltag etwas entfliehen. Neben dem guten und vor allem reichlichen Essen waren es vor allem die Fahrten übers Land mit meinem Onkel, die ich sehr genoss. Bei den Überlandfahrten kam es zu keinen feindlichen Angriffen. Kurz zuvor wurde allerdings Magdeburg von einem sehr schweren Angriff der alliierten Bomberverbände heimgesucht. Es gab schwere Zerstörungen und große Teile der Infrastruktur sind zeitweise zusammengebrochen.

Mit guter Laune und einer Gewichtszunahme von einem Kilogramm traf ich zehn Tage später wieder bei unserer Einheit ein. Unser Soldatenalltag wurde immer mehr zur Routine. Die Alarmbereitschaften häuften sich von Tag zu Tag. Die feindlichen Bomberverbände flogen jetzt fast täglich in das Reichsgebiet ein und brachten mit ihren gewaltigen Spreng und Brandbomben den Städten und Industrieanlagen große Schäden bei. Wir Luftwaffenhelfer waren jetzt ein knappes Jahr im Einsatz. Mit unseren Messgeräten waren wir weiter für die Verteidigung der Leunawerke zuständig, indem wir unsere Messwerte an die Flakbatterien um

141

das Chemiewerk weitergaben. Mittlerweile wurden viele Flakbatterien um das Leunawerk zusammengezogen. Die exakte Bestimmung der feindlichen Bomberverbände erschwerte sich zunehmend, weil die Alliierten sogenannte „Christbäume" vor jedem Angriff abwarfen. Die Silberstreifen, die von Aufklärungsmaschinen abgeworfen wurden, brachten unsere Messgeräte nachts zu falschen Ergebnissen. Unser Kompaniechef Oberleutnant Willeke war dem großen Druck auf Dauer nicht gewachsen. Bei den immer massiveren Bombardements legte er sich auf die Couch und hielt sich die Ohren zu, bis das Inferno vorüber war. Später wurde er in Torgau wegen Feigheit vor dem Feind inhaftiert. Da wir ein Vorposten der Luftabwehr waren, konnten wir uns weiter sicher fühlen, da die alliierten Verbände ihre Bombenlast erst am eigentlichen Ziel entluden. Es kam nur gelegentlich zu Irrläufern, die uns aber verfehlten. Unsere kindliche Art, sich mit dem Alltag aus-einander zusetzen, brachte uns ein sehr sicheres Gefühl, nicht zu Schaden zu kommen. Unser Routineeinsatz änderte sich allerdings kurz vor Weihnachten 1944.

Es war bitterkalt, die Temperaturen lagen bei minus 20 Grad. Wir wurden umgesetzt mit dem Ziel, den Flughafen Rhein-Main bei Frankfurt zu beschützen.

Mit allen Geschützen und den Messgeräten, dem Viermeterbasis-Funkmessgerät und „Malsi", wurden wir verladen. In unbeheizten, mit Stroh belegten Viehwagen begann die Fahrt ab Weißenfels. Nach dreitägiger Tages- und Nachtfahrt bummelten wir bei eisiger Kälte in Kelsterbach am Main ein. Gleich nach der Ankunft gerieten wir in einen Luftangriff. Wir hatten unwahrscheinliches Glück, da wir uns lediglich am Rande eines Bombenteppichs befanden. Jetzt war der brutale Krieg bei uns Jugendlichen angekommen.

Wir warfen uns auf den Boden und versuchten, in irgendeine Mulde zu gelangen, die uns zumindest einen kleinen Schutz bieten konnte. Die Einschläge der Bomben ließen den Boden vibrieren und die umherliegenden Gegenstände brachten alles um uns herum zum Zerbersten. Kamerad Bormann wurde stehend von einem Erdklumpen am Kopf getroffen. Obwohl keine Metallsplitter darin waren, verletzte sich unser Freund so sehr, dass er später mit mehreren Stichen genäht werden musste. Keiner meiner Kameraden wurde von umherfliegenden Gegenständen getroffen. Nachdem wieder etwas Ruhe eingekehrt war, ging es weiter nach Sprendlingen, wo wir eine neue Stellung aufbauen sollten. Untergebracht wurde unsere Kindereinheit bei Familien des Ortes. Den Tag verbrachten wir in der zwei Kilometer entfernten Stellung, den Abend blieben wir bei unseren Gastfamilien. Bei Fliegeralarm mussten wir die zwei Kilometer weite Strecke im Laufschritt bewältigen. Da wir auf unterschiedliche Quartiere verteilt wurden, funktionierte das mit dem Alarm nicht so gut und deshalb wurden wir nach kurzer Zeit aus unserem Paradies umgesiedelt und bei Familien etwas außerhalb des Ortes untergebracht.

Die Nähe zu unserer Stellung gewährleistete wieder eine schnelle Mobilmachung. Der Sache nicht dienlich und für unsere Moral belastend war das neue Quartier unserer Offiziere, die sich in ein nahegelegenes Bauerngut einmieteten. Der Januar 1945 war einer der kältesten Winter der Neuzeit und so litten wir Jugendlichen unter den extremen Temperaturen. Erfrierungen an Gliedmaßen waren an der Tagesordnung. Überraschende Hilfe bekamen wir von sowjetischen Gefangenen, die uns beim Aufbau der neuen Stellung unterstützten. Auch hier befanden sich junge Menschen, die fern ihrer Heimat die Grausamkeit des Krieges erleben mussten. Der Aufbau der neuen Stellung zog sich einige Tage hin und so verpassten wir fast unseren ersten Jahrestag der Einberufung. Am 14- Januar 1945 begingen wir diesen Jahrestag. Keiner fehlte oder kam groß zu Schaden. Welch ein

Glücksmoment! An diesem besonderen Tag spielten wir „Stupfsinn", liefen im Kreis herum und sangen: "Kas und Brot, das tut goot und e Döppel Buttermilch das ist goot"!

Der Tag verging und die Realität des Krieges hatte uns am nächsten Tag bereits wieder eingeholt. Zum einen flohen unsere russischen Gefangenen, zum anderen mussten wir in den frühen Morgenstunden unseren ersten Einsatz durchführen. Jetzt war unsere Einheit unmittelbar in der Flakstellung integriert und wir bekamen alle Feindseligkeiten hautnah mit. Der Lärm in der Stellung war kaum auszuhalten und das Durcheinander war nicht zu übersehen, da auch hier vermehrt Minderjährige eingesetzt wurden. Durch unser beherztes Schießen konnten wir einen feindlichen Verband zu einer Kurskorrektur bewegen. Nach gefühlten 10 Minuten war der Spuk vorbei und wir konnten uns wieder dem Alltag widmen. Die feindlichen Übergriffe häuften sich, da die Westfront langsam zusammenbrach und die Alliierten unmittelbar vor uns standen. Vermehrt griffen jetzt Tiefflieger an. Am besten verteidigen konnten wir uns gegen die gefährlichen Flugobjekte, indem wir die Zünder der Granaten auf die Entfernung von 800 Metern einstellten, um sie dann zur Explosion zu bringen. Der Krieg war jetzt voll bei uns angekommen. In der Nacht zum 14. Februar

1945 mussten wir fünfmal zum Einsatz. Auf einer Flakkarte verfolgten wir den Kurs großer Bombergeschwader. Als das Trapez MH 8/8 (Martha Heinrich) im Flaksender genannt wurde, wussten wir, dass der Abgriff unserer Heimatstadt Dresden gelten würde, und dass zweimal! Am 14. Februar 1945 flog eine dritte Angriffswelle Richtung Dresden, am helllichten Tage. Das geschah zwischen Marburg und Gießen, für uns unerreichbar, da die Verbände auf einer Flughöhe von ca. 7.000 Metern unterwegs waren, wir aber nur über eine Reichweite von ca. 4.000 Metern verfügten, in Kartenebene gerechnet.

Schon länger hatte ich mir Gedanken gemacht über den Sinn des Krieges. Nun wo die Nachrichten von unseren in Dresden verbliebenen Familien ausblieben, wuchsen unsere Ängste und Sorgen. Verstärkt wurde unser Unbehagen durch den Reichssender, der im Rundfunk den gemeinen Angriff auf die Zivilbevölkerung als barbarischen Akt darstellte. Gerüchte machten die Runde, dass der Angriff auf die mit einer Million Einwohner und vielen Flüchtlingen aus dem Osten überfüllte Elbmetropole viele Tote und Verletzte forderte. Fortan lebten wir Heranwachsende mit einer schweren Hypothek.

Mit der Ungewissheit über die Schicksale unserer Familien konnten nicht alle Schulkameraden gleich umgehen. Wir mussten uns gegenseitig immer wieder Mut und Hoffnung zusprechen. Geholfen haben wir uns aber auch mit Streichen und unserer jugendlichen Unbekümmertheit. Uns war bekannt, dass unsere Vorgesetzten in ihrem Depot neben anderen Köstlichkeiten viele Flaschen guten Weines besaßen. Mit Mut und Einfallsreichtum organisierten wir uns einige Flaschen und genossen den Wein mit Hochgenuss. Natürlich blieb dieser dreiste Vorgang nicht unbemerkt und so mussten wir „Kleinen" am nächsten Morgen antreten. Der Verdacht viel sofort auf mich und ich sah mich einer kniffligen Befragung ausgesetzt. Angeblich hatte man mich im Halbdunkel gesehen. Der Verdacht konnte aber letztlich nicht aufrechterhalten werden und so wurde die „Anklage" gegen mich wieder fallen gelassen. Solche Aktionen brachten uns Kinder wieder in unsere eigene Welt zurück und die Sorgen über unsere Familien in Dresden konnten etwas zerstreut werden.

Die Zuversicht, den Krieg doch noch zu gewinnen, schwand von Tag zu Tag und wir schmiedeten schon erste Pläne für einen Neuanfang. Aber bis es so weit war, mussten wir noch einige Strapazen über uns ergehen lassen. In dieser Phase bekam mein

Freund Hans auf einmal Pickel am ganzen Körper. Unser Militärarzt diagnostizierte einen Hautausschlag. Die Diagnose war falsch, denn in kürzester Zeit bekam unser gesamter Flakhelferzug die gleichen Symptome. Die Erklärung war im Nachhinein ganz einfach. Wir hatten alle Läuse! Unsere komplette Mannschaft wurde schnellstens nach Frankfurt in die Kaiserstraße gebracht. Dort wurden wir entlaust, unsere Uniform und die gesamte Kleidung wurden mit Gas behandelt, so dass die kleinen Krabbeltierchen nicht weiter ihr Unwesen treiben konnten.

Zurück in der Stellung ging der Alltag weiter. Das Schöne dabei waren die Temperaturen, die in der Rhein-Maingegend Ende Februar 1945 bereits zweistellige Plusgrade aufwiesen. Wir konnten uns in der Sonne aalen, wenn es die Zeit erlaubte.

Das Artilleriegeräusch von der immer näher rückenden Front wurde immer lauter und die Kämpfe nahmen an Heftigkeit weiter zu. Jetzt bekamen wir den Marschbefehl, mit unserer Geschützstaffel an die vorderste Front zu ziehen. Die nach wie vor vorhandene, natürliche kindliche Angst äußerte sich, indem wir uns immer wieder neuen Mut zusprachen. Wir sollten bei Griesheim die alleierten Panzer abschießen. Dass dieses

Unterfangen nur schwer umsetzbar war, stellte sich schnell heraus. Auf einer kleinen Anhöhe unweit von Griesheim kamen unsere Lastkraftwagen zum Stehen. Es war bereits später Nachmittag bis der neue Standort gesichert werden konnte. Einige unserer Kameraden wurden als Wache eingeteilt, der Rest konnte an einer nahegelegenen Kaserne übernachten. Erschwerend kam hinzu, dass die Front mit allen ihren Gefahren nur noch wenige Kilometer von uns entfernt war. In dieser Nacht machten wir kein Auge zu, denn die gewaltigen Explosionen ließen uns in den Notbetten jedes Mal in die Höhe schnellen. Helle Lichtblitze und dumpfe Einschläge in der unmittelbaren Umgebung ließen am nächsten Morgen nichts Gutes erwarten. Und so war es dann auch. Fast unser komplettes Messsystem mit den dazu passenden Gerätschaften wurde in der Nacht von der feindlichen Artillerie zerstört.

Auch der komplette Flak-Zug wurde ein Opfer des nächtlichen Angriffes. Da wir jetzt unserer eigentlichen Stärke beraubt waren, wurden wir anderen Sturmeinheiten zugeteilt. Noch am gleichen Tag landete ich mit meiner Messstaffel an vorderster Front. Jetzt war instinktives Handeln gefordert. Unzählige Granateneinschläge und Maschinen Gewehr Salven wechselten sich in kürzester Zeit ab und so kam ich immer wieder in lebensbedrohende

Situationen, die ich mit Glück und Geschick, aber vor allem mit einem sehr großen Schutzengel ohne körperliche Schäden überstehen konnte. Mir wurde es mehr mehrmals schummrig und die Hoffnung, meine Heimatstadt Dresden wiederzusehen, schwand mit jedem Einschlag in meiner Nähe. Bei der ersten Feuerpause leiteten wir selbständig den Rückzug ein. Unser loser Verband konnte auf Grund fehlender Gerätschaften keiner Kampfeinheit zugeordnet werden und so gelangten wir einige Kilometer hinter die Front.

Von meinen über 100 Schulfreunden waren nur noch wenige bei mir. Völlig übermüdet bewegten wir uns zu Fuß weiter Richtung Osten. Aber auch hier blieben wir nicht lange zusammen, da es unterschiedliche Anschauungen gab. Einige versuchten über Fulda, dem kürzesten Weg, nach Dresden zu gelangen. Wie sich später herausstellte, war das nicht die beste Lösung, denn auf dieser Strecke waren bereits die Alliierten sehr schnell unterwegs. Und so gerieten viele meiner Schulkameraden in Gefangenschaft und mussten über vier Monate in französischen Bergwerken arbeiten. Andere wurden von der SS aufgegriffen, mit Panzerabwehrkanonen ausgestattet und wieder an die Front geschickt. Einige erreichten nach wochenlangen Fußmärschen unsere Heimatstadt

Dresden. Drei meiner Schulfreunde sahen ihr Zuhause nicht mehr und wurden Opfer des Krieges. Bei einem Artillerieangriff, der von Tiefffliegern unterstützt wurde, erlosch ihr noch so junges Leben, ohne jemals erwachsen geworden zu sein.

Im Nachhinein hatte ich mit dem Entschluss, mich einer Gruppe anzuschließen, die von einem erfahrenen Feldwebel geleitet wurde, die richtige Entscheidung getroffen. Mit einem Marschbefehl schlugen wir uns ohne Feindkontakt von Hessen bis nach Regensburg durch. Von SS-Verbänden hielten wir uns fern. In Mühlheim setzten wir über den Main, gingen über Schlüchtern und Gelnhausen bis zum großen Truppenübungsplatz Wildflecken. Da uns die Alliierten schon recht nahekamen, bogen wir Richtung Süden ab, landeten in Haßfurt und konnten sogar bis Bamberg mit der Eisenbahn fahren. Wenig später erreichten wir Nürnberg. Dort sahen wir zum ersten Mal, was der Bombenterror der amerikanischen und englischen Bomberverbände aus einer mit vielen Sehenswürdigkeiten bestückten Großstadt gemacht hatte. Ruinen, Schutt und Asche prägten jetzt das Stadtbild der fränkischen Metropole. Die Bevölkerung hauste in den noch ganz gebliebenen U-Bahnschächten.

Dieser Anblick lenkte meine Gedanken wieder nach Dresden. Wir schrieben den 10. April 1945. Die

Bombardierung meiner Heimatstadt zwei Monate zuvor hatte einige Spekulationen bei uns Heranwachsenden hervorgerufen. Weder ich noch meine Schulfreunde hatten seit diesem Zeitpunkt irgendein Lebenszeichen von unseren Angehörigen erhalten. Man musste mit dem Schlimmsten rechnen. Am 12. April 1945 erreichten wir Regensburg. Sofort nach der Ankunft ertönte Fliegeralarm. Man schickte uns ohne große Zuordnung auf eine kleine Anhöhe. Dort stand eine Vierlings Flak und wir fühlten uns sicher. In Regensburg hatten wir keine ruhige Minute, denn bereits am Abend wurden wir am Bahnhof weiter beschossen. In der gleichen Nacht fielen noch zwei Brücken den nicht endenden Bombenteppichen zum Opfer. Von den Schulfreunden, die auszogen, den Krieg doch noch zu gewinnen, blieben gerade noch drei übrig. Am nächsten Tag setzen wir über die Donau. Dort stand noch einer der wenig intakt gebliebenen Züge bereit, der uns drei in Richtung Dresden bringen sollte. Der Zug war überfüllt mit alten und verletzten Menschen. Für uns Kindersoldaten blieb dann nur noch ein freies Trittbrett außerhalb der Sitzplätze übrig.

Wir waren sehr froh über diese letzte Gelegenheit, die von den Bombenangriffen größtenteils zerstörte

Stadt noch gesund verlassen zu können. Rund um den Bahnhof und beim Gang durch die Prager Straße erkannten wir die ganze Wucht der Zerstörung durch die Angriffe des 13. und 14. Februar 1945. Uns war klar, dass bei so einer Zerstörung wohl Zehntausende von Menschen getötet, zerfetzt, verbrannt und erstickt worden waren. Es hielten sich zu diesem Zeitpunkt der Luftangriffe etwa eine Millionen Menschen in der Stadt auf, die meisten im Umkreis des Bahnhofes und in der Innenstadt. Die Häuser der Prager Straße waren nicht nur zerstört, sondern regelrecht verbrannt. Am Pirnaischen Platz, soweit dieser noch erkennbar war, verabschiedete ich mich von meinen Begleitern. Jeder von uns hatte jetzt nur noch ein Ziel: sein Elternhaus!

Ich marschierte Richtung Loschwitz und erreichte nach einigen Umwegen noch bei Tageslicht den Körnerplatz. Es war ein Gang durch eine Ruinenstadt. Kein Haus war unversehrt geblieben. Auch die Schäden an den Straßen waren unübersehbar, Viele Menschen suchten in den verfallenen Häusern nach irgendetwas Brauchbarem. Ecke Grundstraße/Veilchenweg in Loschwitz begegnete ich Nachbarn, die nicht weit von meinem Elternhaus am Veilchenweg wohnten. Sie berichteten mir, dass unser Haus durch eine

Luftmine, die am Elbhang niedergegangen war, stark beschädigt worden war. Die Veranda würde aussehen wie ein zusammengestürzter Vogelkäfig. Zu meiner großen Freude und Erleichterung fügten sie aber sofort hinzu, dass meine Eltern und mein dreizehnjähriger Bruder wohlauf waren. Sie seien bei dieser gewaltigen Explosion mit dem Schrecken davongekommen. Ich eilte den Veilchenweg hinauf und feierte mit meiner Familie ein glückliches Wiedersehen, bei dem es sehr viel zu besprechen gab.

Wir tauschten uns aus über meine Kriegserfahrungen und die Geschehnisse in meiner Heimatstadt und schnell fühlte ich mich wieder geborgen zuhause. Mir lief es eiskalt den Rücken hinab, als mein Vater seine Eindrücke von den brutalen Luftangriffen des 13. und 14. Februar 1945 schilderte. Kurz nach 21 Uhr hatte es Luftalarm gegeben, mein Vater hatte aber nicht erwartet, dass es tatsächlich zu einem Ernstfall kommen würde. Nur mit dem Nötigsten in der Hand gingen meine Eltern und mein Bruder in den Keller unseres Hauses. Es stand auf einer Anhöhe im Löschwitzer Hang. An diesem Tag war aber alles anders als die Tage zuvor. Denn bereits als die Sirenen noch liefen, gab es die ersten Detonationen. Gegen 21 Uhr 30 begann der Bombenterror und dauerte gute 30

Minuten. In dieser kurzen Zeit warfen mehrere hundert feindliche Bomber etwa 450.000 Stabbrandbomben und Phosphorkanister ab. Das Inferno wurde noch gesteigert durch den Abwurf von Luftminen und Sprengbomben.

Eine dieser Luftminen, die in unmittelbarer Nähe unseres Wohnhauses am Hang explodierte, verwandelte unser Haus in Bruchteilen von Sekunden in eine Ruine. Türen, Fenster Dachziegel und das Vordach wurden in tausend Stücke gerissen. Nur die Mauern überstanden die Druckwellen. Der überhelle Blitz und die überlaute Explosion beeinträchtigen kurzweilig das Gehör meiner Eltern und meines Bruders. Das, was sie nach dem halbstündigen Bombardement noch sahen, war unvorstellbar. Der Veilchenweg, der auf einer Anhöhe in Löschwitz verläuft, war der ideale Standpunkt, um sich einen Überblick über die brennende Innenstadt der Elbmetropole zu verschaffen. Was meine Eltern nicht sehen konnten, war das Chaos, das sich in den Straßen der Stadtmitte abspielte. Die Straßen und Plätze waren von den vielen nach Dresden geflüchteten Menschen überfüllt und verstopft. Straßenbahnen, Autos und Pferdegespanne, die defekt die Straßen säumten, ließen die Rettungskräfte nur sehr schwer an die Verwundeten herankommen.

Große Panik kam auf und ein bis dahin ein unvorstellbares Leid traf die Bevölkerung völlig unvorbereitet. Die Phosphorkanister zerplatzten beim Aufprall und brachten alles um sich herum sofort zum Brennen. Als brennende Fackeln wurden die Menschen von der enormen Hitze in Bruchteilen von Sekunden getötet. Dass sich zu diesem Zeitpunkt über eine Million Menschen in der Stadt aufhielten, die zum Teil keine feste Behausung hatten, erschwerte die ganze Sache um ein Vielfaches. Gegen 22 Uhr inspizierte mein Vater die Schäden unseres Hauses. Er konnte trotz der Dunkelheit die Größe des Schadens sofort feststellen.

Gegen Mitternacht kamen meine Eltern und mein Bruder bei den Großeltern unter, deren Haus vom Bombenterror verschont geblieben war. Vom Wachwitzer Höhenpark aus konnte man die vielen brennenden Gebäude der Stadt gut erkennen. An Schlaf war in dieser Nacht nicht zu denken und so lag meine Familie in den Betten der Großeltern auf dem Flur. Ohne Sirenenwarnung, aber durch ein immer lauter werdendes Brummen angekündigt, kam wieder Angst bei ihnen auf. In kürzester Zeit bestätigte sich das eigentlich Unvorstellbare, nämlich einen weiteren Bombenangriff auf eine noch größtenteils brennende Großstadt zu fliegen. Was an

Perversität nicht vorstellbar war, trat tatsächlich ein. In den nächsten 20 Minuten wurden weitere 300.000 Brandbomben, unzählige Phosphorkanister, etwa 10 000 Sprengbomben und Luftminen in eine bereits in Flammen stehende Stadt geworfen.

Ohne Vorwarnung und ohne Gegenwehr donnerten die alliierten Bomber über die überfüllte Stadt und ließen ihre tödliche Fracht ein weiteres Mal auf die schutzlose Bevölkerung fallen. Tausende von Menschen, die nach dem ersten Inferno an die Elbwiesen geflüchtet waren, wurden jetzt Opfern. Die zweite Welle verwandelte mit ihren Sprengbomben die Wiese in ein Schlachtfeld, das von Tausenden von Leichen übersät war. Am nächsten Morgen glich Dresden einem brennenden Hochofen, dessen Rauchwolken über zehntausend Meter hochstiegen. Die unmenschliche Grausamkeit, dass Menschen, von welchen Motiven auch geleitet, 12 Stunden nach einem verheerenden Angriff eine weitere Bomberwelle über die bereits lichterloh brennende Stadt Dresden fliegen ließen, war nicht zu begreifen. Diese Erzählungen meines Vaters hinterließen bei mir tiefe Spuren, spätestens jetzt war die Unbekümmertheit meiner Jugend verloren.

Kaum hatte ich mich zu Hause wieder ein bisschen eingelebt, gab es schon wieder Fliegeralarm, den wir dann im Keller des Nachbarhauses durchlebten. Ich erkannte bei meinen Eltern eine große Angst, die wohl aus dem mit großem Glück überstandenen Luftminenschäden zu tun hatte. Aber auch ich erinnerte mich an den schweren Luftangriff, den ich in Merseburg überlebt hatte. Meine Kriegserlebnisse verfolgten mich in den nächsten Nächten und mehrmals schreckte ich im Traum auf. Glücklicherweise stiegen die Temperaturen im April 1945 ins Zweistellige und so konnten wir in unserer Bauruine mit einfachsten Mittel einigermaßen leben. Keine Fenster keine Türen, kein Strom, und trotz alledem war ich glücklich und zufrieden, wieder zuhause zu sein.

Eine Woche vor Kriegsende musste ich mich noch einmal beim Wehrkreiskommando Dresden Nord melden. Dort standen in langen Reihen viele Soldaten aus allen versprengten Waffengattungen, um noch einmal zum letzten Gefecht anzutreten. Sollte ich wirklich dorthin gehen, ins Protektorat, wo der schizophrene General Tschörner noch nach dem 8. Mai 1945 weiterkämpfte? Nein! Ich drehte um und schlich nach Hause und versteckte mich dort bis zum Waffenstillstand. Dieses Unterfangen war mit einem enormen Risiko verbunden. Hätte mich die SS zu Hause aufgegriffen, wäre ich sicherlich am nächsten Laternenpfahl erhängt worden. Zum Glück konnte ich diese wenigen Tage aber noch unbeschadet überstehen.

Weniger Glück hatte einer meiner Schulfreunde, der es mit mir bis Dresden geschafft hatte. Er wurde vom Wehrkreiskommando noch einmal eingezogen und ist vermutlich in Böhmen gefallen. All die Kameraden, die in der langen Schlange standen und noch einmal in den Krieg ziehen mussten, starben in den letzten Kriegstagen einem sinnlosen Tod.

Mein Schulfreund Günter Schramm, der mit mir vor zwei Wochen Dresden erreicht hatte, konnte sich im letzten Moment mit einer Finte vor dem Fronteinsatz retten und ein erfülltes Leben genießen. Meine Entscheidung zur Desertation war damals das Klügste, was ich tun konnte. Es war die Grundlage für einen Neuanfang.

Von null auf vierzehn.

Beim Heranwachsen meines Sohnes musste ich erkennen, dass für ihn bereits in jungen Jahren sehr viele Regeln bestanden, die ein ungezwungenes „Kinderleben" nicht mehr ermöglichte. Das war Grund genug, mich an meine eigene Kindheit zu erinnern. Anbei meine ersten Jahre.

Die ersten Erinnerungen an meine Kindheit sind aus den hohen fünfziger Jahren. Die Straßen waren noch nicht geteert, Kriegsruinen waren noch begehrte Spielstätten und der Wohlstand war noch weit entfernt.

Als zweiter Sohn einer Arbeiterfamilie kam ich 1954 in Lagerlechfeld zur Welt. Bereits der erste Tag in meinem Leben sorgte für große Unruhe. Als ich das Licht der Welt das erste Mal erblickte, wurde ich von einer Gelbsucht befallen. Das hatte zur Folge, dass ich die ersten Tage meines Lebens als süßes „Mischlingskind" aufwuchs.

Mein Vater, der uns am nächsten Tag besuchte, konnte sich mit meinem Äußeren nicht so schnell anfreunden und verließ fluchtartig das Krankenzimmer und besuchte uns auch nicht mehr. Hintergrund dieser Reaktion war mein sehr brauner Körper und die Tatsache, dass in dieser Zeit amerikanische Soldaten in Lagerlechfeld stationiert waren, die fast ausschließlich „meine braune Hautfarbe hatten". Die ganze Angelegenheit entspannte sich erst eine Woche später, als ich vom Krankenhaus nach Hause kam.

Die Gelbsucht war abgeklungen und meine Haut war wieder hell geworden. Die nächsten Jahre verliefen eigentlich normal. Aus einer rückständigen Ortschaft entwickelte sich ein moderner Bundeswehrstandort, aus einem winzigen Baby entwickelte sich ein etwas frecher Lausbub. In dieser Zeit waren die Mütter noch zu Hause, sie gingen nicht in die Arbeit, wie es heutzutage üblich ist.

Der Kindergarten war noch nicht die Vorschulerziehung. Aber trotzdem konnten wir uns als Kind gut entwickeln. Bei uns wurden früher Banden gegründet, die über das ganze Jahr aktiv waren. Wurden im Winter Schneeburgen gebaut, so hat man im Frühling meist ein Baumhaus errichtet oder eine Erdhöhle gebuddelt. Die Sommer, die früher viel länger und auch viel schöner waren, wurden oftmals mit Kuh hüten, Kartoffel klauben oder baden im Fischweiher überbrückt.

Zu Hause hatte alles seinen gewohnten Gang. Mein Bruder, der vier Jahre älter ist als ich, war für mich verantwortlich. Hatte ich mal wieder jemandem einen Streich gespielt, so wurde nicht ich zur Rechenschaft gezogen, sondern er. Diese Handhabung brachte zwei Tatsachen zu Tage:

Die erste war, dass wir Geschwister in der Kindheit keine ganz großen Freunde waren, und zum zweiten konnte ich weiter Streiche spielen, ohne bestraft zu werden. Mein Vater arbeitete im nahen gelegenen Flugplatz als Schneider. Zu Hause hatte er das Kommando, so wie es früher wohl in jedem Haushalt war.

Er hatte eine sehr gute Stimme und sang auch im Männergesangsverein in Klosterlechfeld. Sein großer Wunsch war es immer, dass seine beiden Söhne es ihm gleichtun und sich später dem Gesang hingeben würden. Dieser Wunsch wurde ihm leider nie erfüllt. Da mein Bruder und ich wenig musisch begabt waren, war es klar, dass wir anderen Dingen aufgeschlossener gegenüberstanden. Er war sehr tolerant und hat uns nicht gedrängt, seinem Hobby nachzugehen. Zudem war er ein Mensch, der sehr naturverbunden und gesellig wirkte.

Die Erziehung überließ er unserer Mutter, die diese schwere Aufgabe neben ihrer Hausfrauentätigkeit mit Bravour meisterte. Zudem bewirtschaftete sie im

Sommer einen großen Gemüsegarten. Sie ging täglich zum Einkaufen, kochte jeden Tag und hatte immer ein Essen zubereitet, das bis zum heutigen Tag immer hervorragend schmeckt. Am Nachmittag ging es dann in den Garten oder bei schlechtem Wetter wurden Jacken gestrickt oder Löcher in den Hosen gestopft, die wir regelmäßig verursachten. Apropos Hosen: Wir hatten bis zu unserem zehnten Lebensjahr gleichzeitig nur zwei Hosen. Eine für den Sonntag und eine für die restliche Woche. Ich hatte aber in dieser Zeit nie das Gefühl, zu wenig Hosen zu besitzen.

Bei uns im Haus wohnten meistens noch Soldatenfamilien in Miete. Das hatte für uns als Kinder den Vorteil, dass wir das eine oder das andere Mal Süßigkeiten geschenkt bekamen. Eine weitere Abwechslung war, die Soldaten, die seit 1956 wieder auf dem Lechfeld stationiert waren.

Es bereitete uns immer große Freude, wenn diese singend durch die Lechfeld Auen marschierten und wir in Gummistiefeln hinterdrein mitgelaufen sind. Einen weiteren Vorteil brachte die Bundeswehr mit sich. Wir hatten ständig neue Freunde. Wurde eine Soldatenfamilie nach Lechfeld kommandiert, so war meist ein Junge in unserem Alter dabei.

So, garniert mit vielen Lausbubenstreichen, verliefen meine ersten Jahre des Lebens. Obwohl wir kein

Auto, keinen Fernseher hatten und auch kein anderes Luxusteil besaßen, fehlte es uns an nichts. Wir hatten keinen Tag Langeweile oder wussten nicht, was wir tun sollten. Die ersten sechs Jahre meines Lebens waren die ungezwungensten. Obwohl ich ein frecher Lausbub war, gab es auch Zeiten, in denen ich ganz andächtig und ruhig war.

Zum Beispiel, wenn der Nikolaus kam oder, wenn es draußen blitzte und donnerte. Jetzt kann ich es ja verraten. Bis zum sechsten Lebensjahr glaubte ich noch an den Nikolaus, den Osterhasen und an das Christkind. Ein zwei Jahre älterer Freund hatte mir die Wahrheit so knallhart beigebracht, als ich geprahlt hatte, was mir der Osterhase alles gebracht hatte. Dies mussten dann meine Eltern auch zugeben, als ich sie dann zur Rede gestellt hatte. Mit dieser Erkenntnis und dem ersten Schultag auf mich zukommend, gehen die ersten Jahre meines Lebens zu Ende, in denen alles noch in Ordnung war.1960 wurde ich in Lagerlechfeld eingeschult. Ähnlich wie bei meiner Geburt verlief auch dieser Tag ganz anders als geplant. Mit stolzer Brust, einer bis zum Rand gefüllten Schultüte und meiner Mutter ging ich den zwei Kilometer langen Weg zur Schule. Dort traf ich die meisten meiner damaligen Freunde, samt einem Eltern-teil. Da Lagerlechfeld ein sehr langgezogener Ort ist, kamen aber auch Erstklässler

164

und deren Mütter in die erste Klasse, die ich nicht kannte. Dieser Umstand wird später noch eine große Rolle spielen.

Nachdem uns die Lehrerin begrüßt hatte und jeder von uns einen Platz zugewiesen bekommen hat, wurde von jedem Schultütenträger ein kleiner Vortrag erwartet. Der Reihe nach erzählten meine neuen Schulfreunde entweder ein Gedicht oder einen Witz, sangen ein Lied oder machten ein Kunststück. Ich merkte bei mir ein leichtes Unbehagen, als ich so langsam an die Reihe kam. Der Puls stieg unaufhaltsam in die Höhe und als ich vorn bei meiner neuen Lehrerin ankam, konnte ich keinen Laut zum Besten geben.

Da stand ich nun, vor mir zwanzig Schüler, von denen ich nur die Hälfte kannte. Dazu noch mindestens dreißig Frauen, die mir auch nicht sehr vertraut waren. Na Hubert, was hast du uns mitgebracht? Mit diesen Worten wollte mich die in meinen Augen jetzt nicht mehr so sympathische Lehrerin aus meiner Ruhe bringen. Ich sagte nichts und es wurde immer ruhiger in meinem neuen Klassenzimmer.

Zwischen den vielen mich anstarrenden Frauenaugen hörte ich die Stimme meiner Mutter mit dem Vorschlag: „Erzähl doch die Geschichte vom Hasen, die dir der Kaspar immer vorgelesen hat." Kaspar war mein Bruder, der am gleichen Tag ins Gymnasium wechselte. „Nein!", sagte ich etwas verhalten. Und wieder war es ruhig geworden. Nachdem mich die Frau Lehrerin noch einmal erfolglos animiert hatte, kam meine Mutter auf mich zu und fragte mich nicht mehr ganz so freundlich wie beim ersten Mal, warum ich denn nichts sage. „Vor so viel alten dummen Weibern sage ich nichts", kam es wie aus der Pistole geschossen aus mir heraus.

Ein lautes Raunen ging durch das Klassenzimmer der ersten Klasse in Lagerlechfeld - und die Gesichtsfarbe meiner Mutter färbte sich langsam, aber stetig sehr ins Rötliche. Was danach geschah, ist mir nicht mehr bekannt. Nur so viel: Mit einer vollen Schultüte und einem schlechten Gewissen trat ich den Weg nach Hause an. Ich erleichterte nicht nur mein Gewissen, nein, ich erleichterte auch meine komplette Schultüte. Und als ich zu Hause war, hatte ich zwar kein schlechtes Gewissen, aber dafür großes Bauchweh.

Ein Ärger kommt selten allein! Unter diesem Motto verlief der Tag weiter. Zu Hause warteten wir alle auf meinen Bruder Kaspar. Der Zug, mit dem er aus Landsberg vom Gymnasium hätte kommen sollen, war schon längst durch und wir hatten kein Lebenszeichen von ihm. Gegen 18 Uhr kam er fünf

Stunden später als erwartet sehr müde nach Hause. Man sah ihm an, dass er nicht mit dem Zug den Heimweg angetreten hatte. Da ihm 20 Pfennig gefehlt haben, um sich eine Fahrkarte zu kaufen, lief er die 18 Kilometer von Landsberg nach Lagerlechfeld mit einem vollen Schulranzen zu Fuß. Zu Hause angekommen war er sehr durstig außer Leitungswasser hatten wir nichts im Hause. Nun verlangte meine Mutter von mir, dass ich meinem Bruder eine Flasche Limonade beim Heider einer Bierhandlung, holen sollte.

Da ich mich an diesem Tag aber von der ganzen Welt bereits ungerecht behandelt fühlte, verneinte ich diesen Befehl. Daraufhin bekam ich es mit der Erziehungsmethode zu tun, die in der jetzigen Zeit verpönt ist. Es gab eine Tracht Prügel. Der Tag hatte so wunderbar angefangen und endete auf so schmerzliche Weise. Aber wie es sich im weiteren Leben noch mehrmals herausstellen wird, bleibt das Leben noch voller Überraschungen.

Mittlerweile sind wir im Jahre 1960. Allmählich wurden die Straßen geteert, weitere Häuser wurden gebaut und der Fliegerhorst vergrößerte sich sehr schnell. Neben einer Post gab es die Metzgerei Höchtl, die Bäckerei Schmid, den Lebensmittelladen Schmid, die Schreinerei Mautsch und selbst ein Cafe am Bahnhof und die Wirtschaft Schönhofer wurden eröffnet. Diese Firmen und Geschäfte hatten zum damaligen Zeitpunkt dem Ort Lagerlechfeld eine gute Infrastruktur gegeben.

Bei mir selbst veränderte sich auch eine Menge. Morgens früh aufstehen, am Vormittag in der Schule geduldig auf einem Stuhl sitzen und nach dem Mittagessen die Hausaufgaben erledigen. Ich war jetzt zwar stolz, dass ich nun auch ein Schulgänger war, aber mit so vielen Einschränkungen hatte ich nicht gerechnet. Mit jedem Tag, in dem ich in die Schule ging, nahm der Stolz etwas ab und das Unbehagen im gleichen Maße zu. Nur es gab jetzt kein Zurück mehr. Ausgestattet mit einem Schulranzen, den ich von meinem Bruder Kaspar bekommen habe, ging ich jetzt jeden Wochentag in die ca. zwei Kilometer entfernte Schule. Im Schulranzen befand sich neben einer Schiefertafel, einer Griffelschachtel auch ein Setzkasten. Und alles, was wir vormittags lernten, musste am Nachmittag zu Hause noch einmal geübt werden.

Die Zeit war immer knapp bemessen, denn wir konnten unseren Spielrhythmus nicht so ruckartig umstellen. So war es nicht verwunderlich, dass auf Grund unserer etwas größer werdenden Spielleidenschaft die Hausaufgaben manchmal zu kurz kamen. So nach ungefähr acht Wochen Schulzeit hatten wir die Prioritäten wieder geändert.

Die ohnehin kurze Zeit nach dem Mittagessen widmeten wir nun wieder voll und ganz unserem alten Spieltrieb.

Da der Flugplatz von Lagerlechfeld im Krieg sehr bombardiert wurde, waren noch sehr viele Bombenkrater vorhanden, die als Kiesgruben benutzt wurden. Diese Gruben eigneten sich wunderbar für Spiele wie Indianer und Cowboy, Suchspiele wie „Steckerle im Quadrat" oder einfach für eine Höhle. Im Sommer war das Gras in dieser Grube sehr lang und strohtrocken. Einer meiner Spielkameraden hatte einige Streichhölzer dabei.

So beschlossen wir, nach alter Indianerart ein Lagerfeuer zu errichten. Es wurde Holz gesammelt und eine Feuerstelle errichtet. Neben dem Pele, dem Oskar und dem Seppi waren noch der Nobbe und der Rolli, unsere zwei Jahre jüngeren Freunde, dabei. Schon nach kurzer Zeit hatten wir einen ansehnlichen Haufen mit Holz und anderen brennbaren Teilen errichtet. Kaum war das Feuer entbrannt, schoss es auch schon in die Höhe, verbreitete eine so große Hitze, dass wir alle fünf Meter nach hinten gehen mussten und mit anschauen konnten, wie die Flammen sich in Windeseile verbreiteten. Von großer Panik ergriffen, traten wir den Rückmarsch an. Wir liefen, was das Zeug hielt, in alle Himmelsrichtungen davon.

Von der Ferne aus konnten wir sehen, dass mittlerweile die ganze Kiesgrube in Flammen stand. Besorgte Mütter kamen aus den Häusern und liefen schnellen Schrittes zur Kaserneneinfahrt, um die Fliegerhorst Feuerwehr zu informieren. Und Minuten später hörte man auch schon das erste laute Tatütata.

Mit zwei großen Löschzügen waren sie im Nu zur Stelle. Innerhalb von zehn Minuten war das Feuer gelöscht. Riesige Rauchwolken säumten den schönen hellblauen Himmel und man konnte es kilometerweit sehen, dass hier etwas Besonderes passiert ist.

Wir lagen immer noch in unserem Versteck und überlegten, wie wir aus der Situation wieder herauskommen würden. In ähnlichen Fällen gab es früher immer eine richtige Abreibung in Form von Schlägen auf den Hosenboden mit diversen Schlaggeräten. Wie durch ein Wunder kam niemand auf die Idee, dass wir mit der Sache etwas zu tun hatten. Die allgemeine Unruhe und der mittlerweile große Menschenauflauf hatten bei vielen Müttern ganz andere Überlegungen aufkommen lassen.

Vielleicht war es ein vorbeifahrender LKW-Fahrer, der eine Zigarettenkippe aus dem Fenster geschmissen hatte, oder vielleicht hat jemand heiße Asche in die Kiesgrube geschüttet. Wir hatten nur die Befürchtung, dass unsere beiden kleinen Freunde, der Nobbe und der Rolli, die ja erst fünf Jahre alt waren, uns bei ihren Eltern verpfeifen könnten. Doch durch Androhung von diversen Mutproben konnten wir uns deren Loyalität sicher sein. Dieser Streich wurde auch in der nächsten Zeit von keinem von uns verraten. Im Gegenteil, seit der Aktion waren wir noch mehr vereint. Der Einsatz der Feuerwehr war der erste in Lagerlechfeld und auch Gott sei Dank lange Zeit auch der letzte. In dieser Zeit war das Miteinander noch wesentlich intensiver als zu einer späteren Zeit meines Lebens. Die Sache hatte aber zwei Seiten. Erstens konnte man von jedem im Dorf eigentlich alles haben, zum anderen wusste aber auch jeder von jedem alles.

So konnte es schon passieren, dass die Nachricht schneller nach Hause kam als man selbst. Dies hatte dann zur Folge, dass gewisse Strafmaßnahmen gegen mich sofort bei meiner Ankunft zur Anwendung kamen. In dieser kurzweiligen Kinderzeit konnten wir unsere Neugier in vollen Zügen ausleben. Haben wir den Bogen einmal zu weit überspannt, gab es neben einer sofortigen Bestrafung noch einige Tage Hausarrest dazu. Diese Strafe war, um ein Wesentliches schwerer zu ertragen als die körperliche Züchtigung. Denn in dieser Zeit konnte man nicht am Dorfleben teilhaben und musste noch so dumme Hausarbeiten wie Holz holen oder Unkraut jäten über sich ergehen lassen. Die Jahre in dieser Zeit vergingen immer in der gleichen Art.

Im Winter wurden Skischanzen und Bobbahnen gebaut. Mit dem Frühjahr begannen wir Fußball und „Räuber und Gendarm" zu spielen. Neue Banden wurden zusammengestellt und die Freinacht wurde immer zum großen Spektakel. Das Mai Feuer wurde immer mit großem Einsatz vorbereitet und auch durchgeführt. Der Sommer führte uns zum Baden an Weiher und Flüsse der Umgebung und die Kühe von Bauern mussten gehütet werden. An ein etwas schmerzvolles Erlebnis kann ich mich heute noch gut erinnern.

Es war ein heißer Sonntag und ich stand an unserer Gartentür, als der Logo mit seinem Fahrrad vorbeikam. Er fragte mich, ob ich nicht mit ihm nach Schwabmünchen ins Freibad mitfahren wolle. Nach kurzer Überlegung kam die Gewissheit, dass mich meine Eltern sicher nicht mit dem Logo nach Schwabmünchen hätten fahren lassen. Trotzdem setzte ich mich auf den Gepäckträger seines Fahrrads und schon ging es los. Ohne Badehose, ohne Handtuch, ohne Geld, aber mit viel Mut radelten wir nach Schwabmünchen. Wir hatten einen schönen Nachmittag, und mit einem Trick kam ich ohne Eintrittsgeld in die Badeanstalt. Als wir gegen sechzehn Uhr die Heimreise antreten wollten, zog ein riesiges Gewitter auf und wir mussten noch eine geraume Zeit vor Ort verweilen.

Was wir nicht wussten war die Tatsache, dass meine und Logos Eltern uns bereits suchten, denn das Unwetter wütete bereits auf dem Lechfeld. Wir waren nicht aufzufinden und so wurde zusammen mit Nachbarn sehr intensiv nach uns gesucht. Da es langsam dunkel wurde, entschlossen wir uns, trotz des starken Regens nach Hause zu fahren. Da saß ich nun auf dem Gepäckträger von Logos neuem Viktoria-Fahrrad und hatte auch ein bisschen ein schlechtes Gewissen meinen Eltern gegenüber, dass wie sich bald herausstellen sollte - auch berechtigt war.

Am Ortseingang stand schon ein Begrüßungs-komitee, das uns zwar sehnsüchtig erwartete, aber zugleich Sofortmaßnahmen einleitete, damit wir so eine Aktion künftig nicht mehr wiederholen würden. Bevor wir vom Rad absteigen konnten, erhielt jeder von uns zwei Watschen, oder, wie der Norddeutsche sagen würde, zwei Ohrfeigen. Dazu gab es noch eine Woche Hausarrest.

Ich kann mich nicht erinnern, dass irgendeiner von uns in den Ferien weiter weg gefahren wäre. Das Übernachten im Zelt beim Pele im Garten war damals sehr beliebt. Mit dem Herbst kam die Zeit des Laubhüttenbauens und des Äpfel Klauens. Wie euch sicher aufgefallen ist, schreibe ich sehr viel über das Bauen von Häusern in jeglicher Art. Das hat sich in meinem weiteren Leben auch so fortgesetzt, denn ich habe im Erwachsenenalter zwei Häuser mit den eigenen Händen gebaut.

Die nächsten Jahre bis zu meinem zehnten Lebensjahr verliefen für mich in derselben schönen Art weiter. Nur meine Eltern sahen das gleiche Leben etwas anders. Schulisch bewegte ich mich im Mittelfeld, wurde mit acht Jahren Ministrant und war auch als Fußballspieler beim Wiesenbolz eine feste Größe. Von diesen Themen werden wir in der nächsten Zeit noch intensiver geprägt werden. Man kann sagen, dass ich mich eigentlich ganz normal entwickelt habe und für die Zukunft gut gerüstet war. Natürlich gab es auch ein Leben außerhalb von Lagerlechfeld. Die wichtigsten Ereignisse wurden jeden Tag im Radio gesendet.

Neben dem Radio gab es noch die Schwab-münchener Allgemeine, die uns von der großen Welt berichtete. Mehr war da allerdings nicht. Und so wurden wir nur von diesen beiden Medien beeinflusst. Ergänzt wurden die wichtigsten Ereignisse noch am Abend, wenn wir zu Hause in der Küche zusammensaßen und uns über die Themen unterhielten.

Da zu der Zeit die Worte der Eltern noch die Kinderohren erreichten, war klar, dass die Meinung meines Vaters auch die meine war. Politisch bewegte mich damals der Tod des amerikanischen Präsidenten J. F. Kennedy sehr. J.F.K. war bei meinen Eltern so etwas wie ein Befreier, der auch neue Wege ging. Ich kann mich noch gut an die Schlagzeile erinnern, da sie mit so großen Buchstaben geschrieben wurde, wie noch nie. „Kennedy ermordet". Ich war bestürzt. Unser Hoffnungsträger wurde ermordet. Ich war sehr traurig und das Thema verfolgte mich doch sehr lange. Nicht viel anders war es beim Tod von Martin Luther King, wobei mich sein Tod später eigentlich noch mehr beschäftigte.

Ja, der Tod spielte in der Zeit oft eine große Rolle. Mit einer Sondermeldung im Radio wurde damals die Katastrophe von Lengede mir das erste Mal gegenwärtig. Das Grubenunglück hielt mich damals emotional zwei Wochen gefangen. Ich konnte mir nicht vorstellen, wie Menschen hunderte von Metern in die Erde einfahren konnten, um in der Dunkelheit zu arbeiten. In der Zeit wurde alles andere in den Hintergrund gestellt. Das Schicksal der Menschen, die ich ja gar nicht kannte, war mir sehr nahe gegangen und ich betete damals jeden Abend für sie.

175

Als nach zwei Wochen die Meldung über die glückliche Befreiung im Radio kam, war ich mehr als erleichtert. Die Geschichte, die für die meisten Kumpels noch gut ausgegangen ist, hat mich eigentlich mein ganzes Leben irgendwie begleitet.

Das sportliche Thema in der Zeit war die Einführung der Fußballbundesliga. Da mein Bruder in der Zeit bereits einen Lieblingsverein hatte, nämlich den 1.FC Nürnberg, musste ich es ihm gleichtun und deshalb begeisterte ich mich für die Eintracht aus Frankfurt.

Hier hatte ich die schlechteren Karten, denn der Club war damals die weit- aus bessere Mannschaft. Zudem nannte er sich seit dem Wunder von Bern Max Morlock und für mich blieb dann nur der Name Richard Kress von der Frankfurter Eintracht übrig. In der Zeit spielten wir fast täglich 1.FC Nürnberg gegen Eintracht Frankfurt.

Die Olympischen Spiele von Tokio 1964 mit Willi Holdorf hatten auch sehr lange einen Eindruck bei mir hinterlassen. Er war ein verbissener Kämpfer, der in den damaligen Medien immer als Vorbild dargestellt wurde. Der Zieleinlauf des 1500- Meter- Laufes von Japan mit ihm hatte bei mir fast einen Kulteindruck hinterlassen. So oder so ähnlich habe ich damals die großen Ereignisse außerhalb von Lagerlechfeld wahrgenommen.

Die Zeit ab dem zehnten Lebensalter ist mir besser in Erinnerung geblieben. Die sportlichen Aktivitäten wurden gesteigert; es wurde eine Schülerfußballmannschaft in Lagerlechfeld gegründet.

Man konnte an Bundesjugendspielen teilnehmen und auch den Freischwimmer konnte man bei der Schwabmünchner Wasserwacht erwerben. Da mein Vater, der seit seiner Kindheit eine Fußprothese trug, sehr sportlich eingestellt war, unterstützte er meine ersten sportlichen Schritte. Bei meinen ersten Bundesjugendspielen erreichte ich eine Ehrenurkunde. Die fünfzig Meter lief ich in 8,0 Sekunden, beim Weitsprung erreichte ich 3,70 Meter und der Ballwurf wurde mit vierzig Metern absolviert. Ähnlich gut verlief auch mein Einstieg beim Fußballspielen. Bei unserem ersten Spiel, das wir zwar 3:1 verloren, erzielte ich den einzigen Treffer gegen bis zu vier Jahre ältere Gegenspieler.

Damals erkannte ich eigentlich schnell, dass man durch sportliche Erfolge einen höheren Stellenwert in der Gesellschaft sich erwerben konnte. Es war auch die Zeit, in der man Vorbilder suchte und diese auch verehrte. Für mich war es Uwe Seeler, der damals wohl die meisten Tore schoss. Ich versuchte, ihn nachzuahmen und bei jedem Fußballspiel so viel Tore zu schießen wie möglich.

Weil es in der Schule keine Vorbilder gab, war es nicht verwunderlich, dass sich hier das Nachahmen in Grenzen hielt. Zu Hause verlief alles in geregelten Bahnen.

Da es keinen Fernseher oder andere familien-feindlichen Geräte gab, hatten wir viele Abende daheim, an denen wir Spiele spielten, Hörspiele im Radio hörten oder einfach miteinander den Tag jedes Einzelnen noch einmal besprachen.

Mein Bruder Kaspar ging auf das Gymnasium in Landsberg. Da er erst immer um 14 Uhr von der Schule kam und anschließend noch eine gehörige Zeit für seine Hausaufgaben brauchte, war diese Art von Schule nicht unbedingt zu empfehlen. Zwar hörte ich von Seiten meiner Mutter immer mal den Spruch, dass es der Kaspar einmal später zu etwas bringen würde. Nur bei dem Aufwand war das damals kein Argument, meiner lockeren Art zu leben ein Ende zu setzen. Kam Besuch nach Hause, so wurde mein Bruder immer herangezogen, um unsere Familie nach außen in ein gutes Licht zu stellen. Das machte mir nichts aus, denn ich konnte dann ja mit meinen Freunden spielen. Auch bemerkte man so langsam, dass es nicht nur Buben gab.

Irgendwie sind die Mädchen, die bis dahin eher als dumm und feige gegolten hatten, wie so eine Art Dämmerung immer interessanter und schöner geworden. Da gab es in unserer Bubenbande oft Diskussionen, weil die Dämmerung nicht bei jedem gleichkam. Je älter wir wurden, desto attraktiver und hübscher wurden die bis dahin kaum beachteten Rockträgerinnen.

Aus dieser Zeit ist mir ein Erlebnis noch gut in Erinnerung. Meine Freunde Oskar, Rainer und ich wollten den neuen Gefühlen einmal auf den Grund gehen. So beschlossen wir an einem Nachmittag in Rainers Hütte, an für uns äußerst hübsche Schülerinnen Briefe zu schreiben. Wir benützten Postkarten und schickten diese an die jeweilige Adresse nach Hause.

Der Inhalt ist mir nicht mehr genau bekannt, was mir aber für immer im Gedächtnis bleiben wird, war der Zusatz, dass wir einen Treffpunkt und eine genaue Uhrzeit angegeben hatten, ohne unsere Namen anzugeben. Aufrichtig männlich warfen wir die Karten in den Briefkasten.

Der nächste Schultag war für uns ein ganz besonderer Tag, denn wir hatten zum ersten Mal den Mädchen Liebesbriefe geschickt. Zur gleichen Zeit erhielten die Mütter unserer zukünftigen Freundinnen die Liebesbriefe. Da der Treffpunkt ein Wald in Graben, und der Absender nicht erkennbar war, entschlossen sich die mittlerweile verängstigten Eltern die Polizei einzuschalten.

Diese kam auch sofort in die Schule. Die drei betroffenen Schülerinnen wurden aus der Klasse geholt, denn die Polizei glaubte an eine Entführung. Schnell sprach sich diese Aktion in der Schule herum. Oskar, Rainer und ich wurden ruckartig aus einer Hochstimmung in eine höchst peinliche Situation gebracht. Was tun?

In Windeseile verbreitete sich das Gerücht von der Entführung im ganzen Ort. Zu Hause sprach man auch über das Thema. Wir drei Schwerverbrecher, so fühlten wir uns mittlerweile, zogen uns in unsere Hütte zurück. Wir erörterten alle Möglichkeiten, wie wir aus der Sache einigermaßen glimpflich rauskommen würden. In dieser Nacht hat keiner von uns „Entführern" nur ein Auge zugemacht.

Der Druck am nächsten Morgen war kaum noch auszuhalten. Zu Hause beim Frühstück, beim Bäcker, auf dem Schulweg; überall wurde diese Geschichte besprochen. Als wir drei zur Schule kamen, standen zwei Polizeiautos vor dem Schulhaus. Das erhöhte den schon nicht mehr auszuhaltenden Druck noch mehr. In meiner Fantasie sah ich uns drei schon im Gefängnis sitzen.

Als nach dem Morgengebet in der Schule der Lehrer „setzt euch" zur Klasse sagte, platzte es aus mir heraus. „Ich war es!", sagte ich mit leiser, stotteriger Stimme in das mucksmäuschenstille Klassenzimmer.

Alle Blicke schossen auf mich zu, entsetzte Gesichter starrten mich an. Irgendwie erleichtert, aber unwahrscheinlich peinlich berührt, verließ ich mit meinem Lehrer das Klassenzimmer und ging mit ihm in das Lehrerzimmer. Die Polizei war auch anwesend.

Als ich meine Geschichte so erzählte, wie sie tatsächlich gelaufen war, entspannte sich die Situation im Raum. Das ich noch zwei Mittäter hatte, musste ich nicht lange verschweigen, denn bevor ich fertig war, kamen sie auch schon ins Lehrerzimmer und ergaben sich. So löste sich der größte Kriminalfall in der Lagerlechfelder Schule doch noch auf. Für uns drei gab es eine saftige Strafarbeit mit anschließendem Schulgartendienst. Vielleicht war dieser Vorfall die Ursache, dass ich in meinem späteren Leben eigentlich nicht mehr allzu viele Liebesbriefe geschickt habe.

Sportlich konzentrierte ich mich fast ausschließlich auf das Fußballspielen. Als Mittelstürmer war ich in den umliegenden Gemeinden recht bekannt, denn ich konnte auf Grund meiner Größe und Schnelligkeit Tore wie am Fließband erzielen. Es war keine Seltenheit, dass ich in einem Spiel sechs oder acht Tore geschossen habe. Mein Vater war deshalb auf mich sehr stolz, obwohl ich schulisch meinem Bruder nicht folgen konnte. Für jedes Tor gab es zehn Pfennig. Einen Vorteil hatte das Gymnasium auch für mich: Mein Bruder ging mit einem gewissen Franz aus Graben in die gleiche Klasse. Dieser sportfanatische Junge brachte andere Sportarten in unser Dorf.

So wurden jetzt nun immer Vergleichskämpfe zwischen Graben und Lagerlechfeld ausgetragen. Eishockey im Winter, Leichtathletik und Radfahrwettbewerbe im Sommer. Und wer Franz gekannt hat, der wusste, dass der immer gewinnen wollte. Hatte er oder die Gräbinger Mannschaft einmal verloren, so wurde die Veranstaltung abgebrochen oder es wurden die letzten Disziplinen im Ringen und im Faustkampf fortgesetzt. Franz wurde ein erstklassiger Hochspringer. Er scheiterte nur knapp an der Olympiaqualifikation für die Olympiade 1972 in München.

Heute ist er ein Promi-Zahnarzt am Tegernsee. Diese Vergleichskämpfe mit Graben brachten uns auch gute Ideen. Wir bauten uns Sportstätten wie Weitsprunganlagen oder Stabhochsprunganlagen und hatten mit der Blumenstraße auch eine Straße, die geteert war. Eine Runde hatte genau fünfhundert Meter. Fußball wurde im Sommer eigentlich jeden Tag gespielt.

Wir spielten auf Wiesen, die gerade gemäht wurden. Oft wurden wir jedoch vom Bauern mit Androhung von Gewalt ruckartig von der Wiese vertrieben. Wir suchten uns eine neue Wiese und spielten weiter, bis wieder ein Bauer kam und uns wegschickte. Der Vorgang konnte sich am Tag mehrmals wiederholen. Ein Erlebnis aus dem Jahr 1966 hat mich als heranwachsenden Jugendlichen innerlich sehr bewegt.

Das Endspiel in London bei der Fußball-weltmeisterschaft zwischen England und Deutschland. Unser Nachbar hatte einen Fernseher und bei dem konnten wir Kinder dieses Spiel ansehen. Wie wir alle wissen, hat Deutschland das Spiel mit 4:2 verloren. Das berühmte Wembley-Tor hat mich so geärgert, dass ich in die Kiesgrube gegangen bin und meine ersten Tränen vergossen habe, die nicht von körperlichen Schmerzen ausgingen. Übrigens, dass 1:0 schoss damals ein gewisser Helmut Haller.

Zu diesem Zeitpunkt konnte ich noch nicht wissen, dass wir neun Jahre später zusammen Fußball beim FC Augsburg spielen würden, wenn auch nur von kurzer Dauer.

Ja, dass „Wembley Tor" wurde damals von jedem diskutiert; auf der Straße, in der Wirtschaft, in der Schule, eigentlich überall. Ich hatte auch eine leichte Neigung für kulturelle Dinge.

Die sechziger Jahre waren die Jahre der Beatmusik. Die Zeitschrift Bravo klärte uns Heranwachsende sexuell auf und brachte uns die Hintergründe der Beatmusik näher. Wir gründeten eine Band. Der Name war schnell gefunden:

The Streetbirds! Wir mussten uns Künstlernamen zulegen. Diese fanden wir am Kinoplakat. Dort lief gerade ein Wildwestfilm im Truppenkino. Genau diese vier Namen eigneten wir uns an.

Leider kann ich mich an die Namen nicht mehr erinnern. Wir hatten zwei geliehene Gitarren, ein selbstgebautes Schlagzeug und mehrere diverse Rhythmusgeräte. Einige bekannte Songs spielten wir in unserer Band. Wir hatten zwei Auftritte, bei denen wir fünfzig Pfennig Eintritt verlangten. Leider hatte ich hier kein Talent und bevor alles begann, war schon alles wieder vorbei.

Erinnern kann ich mich nur noch, dass wir uns vom Erlös der Konzerte mit verschiedenen alkoholischen Getränken eingedeckt haben. Die Getränke wurden nicht alt, denn bereits am selben Tag tranken wir alles auf. Danach war uns allen schlecht.

In der Schulzeit begannen die letzten beiden Jahre. Neben den normalen Fächern in der Schule wurden wir Schüler und Schülerinnen zu Schülerlotsen ausgebildet.

Wir waren vier Dreiergruppen und mussten ab der zweiten Stunde die Erst- und Zweitklässler über die Bundesstraße 17 geleiten. Der Weg war ca. 600 Meter lang und deshalb hatten wir immer viel Freizeit. Da wir in den letzten beiden Schuljahren wenig Zeit im Klassenzimmer verbrachten und sehr viel im Freien waren, hatten wir zwar alle eine gute Gesichtsfarbe, nur der Bildungsstand konnte mit unserem guten Aussehen nicht mithalten.

So waren die Zeugnisse meist nur durchschnittlich. Ein Erlebnis aus der Schulzeit ist mir immer noch sehr gegenwärtig. In der siebten Klasse hatten wir im Zeichnen die Aufgabe, Landschaften zu zeichnen.

Ich entschied mich für ein Motiv, das ein Bergdorf in der Landschaft zeigen sollte.

Die ersten Zeichenstriche gingen mir gut von der Hand. Nach einer Stunde hatte ich das Grobkonzept in Blei zu Papier gebracht. Nachdem ich die Häuser, die Straßen, die Berge und den Himmel mit Wasserfarben bestrichen hatte, musste ich nur noch die Wiese mit den Kühen malen. Gerade als ich mit dem großen Pinsel die ersten Wiesen bemalte, bekam ich von meinem damaligen Lehrer, dem Herrn Wagner, einen heftigen Schlag auf den Hinterkopf.

Da saß ich nun vor meinem Kunstwerk, mit einem brummenden Kopf und der Ungewissheit, warum ich gemaßregelt wurde. Da in der damaligen Zeit zwischen Schüler und Lehrern keine Diskussion aufkam, war mir lange Zeit nicht klar, warum ich diesen Schlag bekommen habe.

Zu Hause konnte man den Vorfall auch nicht ansprechen, da es dann noch einmal eine Abreibung gegeben hätte. Das Rätsel löste sich erst ein Jahr später. Bei einem Einstellungsgespräch musste ich mich einem Farbentest unterziehen: Dort stellte sich heraus, dass ich eine Rot-Grün-Schwäche habe. Nur weil ich die Wiese in einer knallroten Farbe gemalt habe, wurde mir Gewalt angetan. Im Nachhinein kann ich sagen: Die Ohrfeige hat mir nicht geschadet, weil ich oft Blödsinn versprüht habe, ohne dafür zur Rechenschaft gezogen worden zu sein.

In den letzten Sommerferien vor meinem Berufseinstieg bauten wir uns noch ein schönes Holzhaus. Als Baumaterial nahmen wir die Schneegitter der Deutschen Bundesbahn. Diese lagerten im Freien und uns war im August nicht nach Schnee.

Nach knapp einer Woche stand unsere Hütte und jetzt musste - wie es damals der Brauch war - unser Kunstwerk auch richtig eingeweiht werden. Jeder der „Bauarbeiter" brachte etwas von zu Hause mit, damit die Einweihungs-party auch ein Erfolg werden sollte.

Der Oskar brachte einen Kuchen, Roland ein paar Äpfel, der Rigo eine Flasche Limonade, Rainer ein paar Stückchen Kuchen, der Michl eine Flasche Wein und ich noch zwei Flaschen Bier. Das Einzige, über das wir nichts wussten, war der Inhalt des Getränks, das Norbert mitgebracht hatte. Norbert war drei Jahre jünger als ich, war seiner Zeit damals voraus und wurde von seiner lieben Oma den ganzen Tag versorgt.

Er hatte auch den Beinamen „Professor", da er immer wieder spektakuläre Neuigkeiten wusste. Norberts Flasche musste irgendetwas mit Alkohol zu tun haben. Natürlich probierte jeder von jedem. Norberts Flasche war eine leere Bierflasche, die er mit verschiedenen Schnäpsen aus der elterlichen Bar gefüllt hatte und - weil er es widerlich fand - diese mit Traubenzucker verfeinerte. Jetzt schmeckte dieser Cocktail wunderbar und alle meine Freunde einschließlich mir hatten Wohlgefallen an dem köstlichen Getränk. Was wir zu diesem Zeitpunkt noch nicht wussten, war die Tatsache, dass wir in den nächsten Minuten alle so einen Rausch bekommen würden, dass keiner mehr wusste wo vorne und hinten war.

Als ich nach einer geraumen Zeit wieder zu mir kam, erschrak ich sehr. Alle lagen wild verstreut in der Wiese vor unserem Holzhaus und schliefen. Die Wiese befand sich zwischen der Bahnstrecke und einer viel befahrenen Straße. Einige Zeit verging und eigentlich sollten wir alle schon beim Abendessen zu Hause sein. Ich schleppte mich zu jedem meiner betrunkenen „Bauarbeiter" hin und versuchte, sie wach zu rütteln. Dies gelang bei allen bis auf Norbert.

Er war richtig bewusstlos, denn auch Schläge in sein Gesicht konnten seine schlafende Haltung nicht verändern. Die andere Gefahr war, dass die immer noch ganz schön Betrunkenen sich jetzt singend und lallend in alle Himmelsrichtungen bewegten, ohne den Verkehr auf der Straße oder auf den Schienen zu beachten.

Mit viel Mühe ist es mir gelungen, sie wieder einzeln einzufangen und in unsere neue Hütte zu stecken. Nur Norbert lag nach wie vor in der Wiese und gab keine Regung von sich. Gott sei Dank kam Norberts Oma vorbei und schimpfte uns fürchterlich zusammen, als sie ihren Enkel so regungslos da liegen sah. Schließlich gelang es uns mit kaltem Wasser doch noch, unseren „Professor" wach zu bekommen. Als er mit seiner Oma zu Hause angekommen war, erkannten seine Eltern sehr schnell, dass mit ihrem Sohn etwas nicht in Ordnung war und brachten ihn sofort ins Krankenhaus. Dort wurde eine Alkoholvergiftung diagnostiziert. Nachdem sie ihm den Magen ausgepumpt hatten, durfte er am nächsten Tag wieder nach Hause. Vielleicht war es ein Schlüsselerlebnis für ihn, denn er ist heute Chefarzt in einer Klinik.

„Wehfünfzehn"

Im Jahr 2011 wurde die Wehrpflicht in der Bundesrepublik Deutschland abgeschafft. Um diese vergangene und nicht ganz unumstrittene Intuition nicht ganz aus den Augen zu verlieren, erinnere ich noch einmal an meine Wehrpflichtzeit.

Im Vorfeld wurden im Freundeskreis viele Episoden von der Bundeswehrzeit erzählt. Viele lustige, aber auch einige schlimme Geschichten hatte ich da am Biertisch zu hören bekommen. Und so stieg ich mit gemischten Gefühlen am 2. Januar 1974 um 7 Uhr in den Zug ein. Mein Ziel war das 16. Luftwaffen-Ausbildungsregiment in Ulmen /Eifel. Neben dem Einberufungsbescheid hatte ich eine Sporttasche dabei, in der sich neben Seife, Handtuch, Schreibzeug eine zweite Garnitur Unterwäsche befand.

Über Augsburg ging die Fahrt weiter bis Koblenz. Dort mussten wir umsteigen in einen Sondertransportwagen der Bundeswehr. Dieser brachte uns dann nach Ulmen. Man konnte in allen

Zügen sofort erkennen, wer an diesem Tag einrückte.

Es waren junge männliche Heranwachsende um die zwanzig Jahre alt. Alle hatten einen korrekten Haarschnitt. (Die Ohren mussten frei sein). Wenn man bedenkt, dass zu dieser Zeit die Haare oft schulterlang getragen wurde, war das für viele ein großer Einschnitt im optischen Bereich.

Die Reise bis Koblenz verlief normal mit meinen vom Kreiswehrersatzamt ausgestellten Personen-beförderungs-schein. Am Zielbahnhof Koblenz sahen wir am Bahnsteig schon einige uniformierte, laut umherschreiender Soldaten. Über Lautsprecher wurden wir angesprochen, dass wir uns auf einem bestimmten Bahnsteig treffen sollten. Dort wurden wir Noch-Zivilisten bereits dem ersten militärischen Drill unterworfen.

„In Dreier-Reihen aufstellen, Marsch, Marsch", schrie ein sehr zackig aussehender Uniformierter uns zu. Die Aufforderung konnten wir nicht umsetzen und so war das ein wildes Durcheinander. Irgendwie wurden wir ca. 150 neue Rekruten in einen Waggon der Deutschen Bundesbahn gepfercht, der normalerweise für 80 Personen zugelassen war. Nach einer Stunde Fahrzeit kamen wir in Ulmen, unserem Ziel, endlich an. Kaum waren wir ausgestiegen, fing die Schreierei wieder an.

„In Dreierreihen anstellen und Marsch." Nach wie vor etwas konfus kamen wir diesem Befehl nach. Der Weg vom Bahnhof zur Kaserne mussten wir gleich im Laufschritt bewältigen. Ich denke, es war für die Bevölkerung von Ulmen ein riesiges Schauspiel, wie hier junge Menschen in Zivil durch einen Ort getrieben wurden. Mich erinnerte die Szene an Pamplona, Spanien, wo die Stiere durch die Straßen getrieben wurden.

Mir persönlich machte diese Prozedur nichts aus, da ich sportlich fit war, um den Befehl umzusetzen. Nachdem wir in der Kantine Unser Abendessen eingenommen hatten, mussten wir noch unsere Bettbezüge und unseren Schlafanzug abholen, um regelgerecht zu Bett gehen zu können. Ja, der erste Tag hatte es in sich. Wie sich später herausstellen sollte, ging der ganze Stress im gleichen Maße weiter wie er begonnen hatte.

Am nächsten Tag bekamen wir den restlichen Teil, die ein Soldat braucht, um kämpfen zu können. Nach allgemeinen Einweisungen und nach Erhalt des Wochenplanes (in der Bundeswehr war es damals üblich, nach Plan zu arbeiten und das immer für eine Woche) wurden wir noch medizinisch überprüft.

Wenn ich mich da noch zurückerinnere, läuft es mir noch eiskalt den Rücken hinunter. Neben der

normalen Einstellungs-untersuchung beim Truppenarzt wurde jedem neuen Staatsverteidiger noch Blut
abgenommen. Die Blutabnehmer waren keine Ärzte
oder geschultes Personal, das in der Lage gewesen
wäre, den medizinischen Akt schmerzfrei durch-
zuziehen.

So standen wir in Fünferreihen auf dem Flur und
mussten einer nach dem anderen Blut lassen. Als ich
in der Reihe stand, wusste ich noch nicht, dass die
Blutabnehmer Soldaten waren, die gerade Ihre
Grundausbildung beendet hatten und sich für die
Sanitätsstaffel gemeldet hatten. Nach einer kurzen
Einweisung durch den Truppenarzt wurden wir
ahnungslosen Neuankömmlinge von Sanitäts-
soldaten medizinisch behandelt, die ohne Ausbildung waren.

Ich war einer der Letzten in meiner Reihe und ich
dachte mir auch noch nicht viel dabei, dass vor mir
immer mehr Kameraden umfielen. Als ich so
langsam in eine Nähe kam, an der ich Blickkontakt
zu der „Abzapfstelle" hatte, war mir klar, dass jeder
Dritte in Ohnmacht fiel.

Diese verdammten „Blutsauger" - ich glaube so
konnte man die Sanitäter ruhig nennen - brauchten
im Schnitt fünf bis sechs Versuche, bis sie endlich
die Vene trafen und das Blut herausziehen konnten.
Da ich damals schon sehr sensibel war und kein Blut

sehen konnte, gehörte ich zu den dreißig Prozent, die vor Ihrem Eingriff bereits medizinisch behandelt werden mussten. Nachdem man mich durch Schlagen auf die Wangen wieder ins Bewusstsein gebracht hatte, wurde mir - ich lag mittlerweile auf dem Fußboden - das Blut entnommen.

Den eigentlichen Vorgang habe ich dann Gott sei Dank nicht mehr so richtig mitbekommen, da ich mich in einer Art Trance-Zustand befand. Seit diesem Erlebnis passte ich besonders gut auf mich auf, da ich keinen Kontakt zu den Sanitätern mehr hatte.

Die Soldaten des 16 Ausbildungsregiments in Ulmen waren eine Ansammlung von Wehr-pflichtigen, die gerade noch eingezogen wurden. Alle meine Kameraden hatten irgendeine Schwäche, die nicht ganz reichte, um untauglich zu sein. Ich kam zu der „Eliteeinheit", weil ich farbenblind war. Ein weiterer hörte nicht gut.

Ein Dritter war Alkoholiker und der nächste musste stottern. Auf Grund dieser Konstellation ergaben sich viele heitere Episoden in den kommenden sechs Wochen Grundausbildung. Zu dieser Zeit hatte ich bereits den Führerschein und einen VW Käfer als mein erstes Auto mir zugelegt. Neben dem Auto hatte ich mittlerweile auch eine feste Freundin. Sie hieß Jutta und damals dachte ich sicher noch nicht daran, dass wir sehr lange miteinander zusammen sein werden. Hatte ich vorher immer mal so kleine „Affären" mit Mädchen, so war das Verhältnis mit Jutta etwas Festeres. Das hatte zur Folge, dass ich jedes Wochenende zu Hause sein wollte.

In den sechs Wochen durfte ich mir keine großen Ausrutscher leisten. Immer mitschwimmen, nie auffallen, weder im positiven noch im negativen. Es ist mir gut gelungen, denn ich konnte jedes Wochenende nach Hause fahren. Wir fuhren immer zu zweit. Heinz hieß mein Fliegerkollege und wohnte in der Firnhaberau, einem Stadtteil von Augsburg.

Er spielte wie ich auch gerne Fußball. Heinz war damals beim TSV Leitershofen, einem Verein, gegen den wir mit der SpVgg Lagerlechfeld mehrmals spielten. So konnten wir neben anderen Erlebnissen immer unserem Hobby nachgehen. Zurück zur Grundausbildung. Wir machten das normale Programm durch. Alarmübungen, im Gelände übernachten, Formalausbildung, Singen, Schießen, Marschieren und vor allem in der Kantine saufen bis zum Abwinken.

Eines Abends, gegen 22 Uhr schrie ein Unteroffizier: „Alarm, Alarm!!" Es war für mich unvorstellbar, wie laut dieser Vorgesetzter schreien konnte. Auf jeden Fall mussten wir schnellstmöglich im Kampfanzug vor der Kaserne antreten. Es dauerte über eine Stunde, bis wir einigermaßen angezogen vor dem Gebäude standen. Die ganze Zeit schrien Vorgesetzte und brachten somit eine Hektik in den Aufmarsch hinein, die eigentlich gar nicht sein musste.

So nun standen wir da. Fast jeder hatte etwas anderes an, dem einen fehlte der Rucksack, dem andern der Helm, einem Dritten das Gewehr. Unser Oberleutnant hat uns mit einer Lautstärke zusammengestaucht, die es in sich hatte. Er hat sich so über uns geärgert, dass er mit uns nie mehr einen Alarm geübt hat. Zum besseren Verständnis: Normalerweise steht eine Kompanie in zehn Minuten kampfbereit da. Wir brauchten über eine Stunde und sahen aus wie ein Festwagen auf dem Kölner Faschingsumzug.

Diese Nacht bekamen wir in den nächsten Tagen zu spüren. Wir mussten verstärkt ins Gelände. Me Kong Delta wurde ein Landstrich von uns genannt, in dem wir uns meistens bewegen mussten.

Die Übung war eigentlich ganz einfach. Wir liefen im Laufschritt von einer Anhöhe in eine sumpfige Mulde, die ungefähr 20 Meter breit war, und auf der anderen Seite ging es wieder einen leichten Berg wieder hoch. Den Vorgang wiederholten wir so lange bis uns die Kraft verließ und wir alle im Sumpf auf allen vieren uns bewegen mussten. Anschließend mussten wir uns wieder aufstellen. Von einem Schlauch, der an einem Wasser-hydranten angeschlossen wurde, kam eiskaltes Wasser heraus, das uns wieder etwas säuberte. Man musste bedenken, dass wir uns im Monat Januar befanden und es bitterkalt war.

Diese Aktion mussten wir aber nur zweimal über uns ergehen lassen. Nach sechs Wochen wurden wir zur unserer Stammeinheit versetzt. Mein Marschbefehl brachte mich nach Penzing bei Landsberg. Kaum angekommen, wurden wir Jungfüchse - so wurden die Soldaten genannt - die neu in die Kompanie kamen mit unseren neuen Aufgaben betraut.

Da ich bereits im Vorfeld einen Antrag auf eine Versetzung in eine Sportfördergruppe gestellt hatte, wurde mir keine direkte Aufgabe zugeteilt. Nach einigen Tagen beim Lufttransportgeschwader 61 einigte ich mich mit dem Spies, dass ich jeden Tag ab Mittag trainieren konnte.

Den Vormittag verbrachte ich im Kaffeeshop der Instandsetzungsstaffel. Meine Aufgabe war es, jeden Tag um 9 Uhr den Shop zu eröffnen und diesen gegen 12 Uhr zu schließen. Mit dieser Art, mein Vaterland zu verteidigen, konnte ich mich schnell anfreunden.

Als meinem Antrag auf Heimschläfer noch stattgegeben wurde, war mein Soldatenglück perfekt. Mein Tagesablauf hatte folgenden Ablauf. 7:30 Uhr Wecken durch meine Mutter im eigenen Bett. 8 Uhr Fahrt nach Penzing in die Kaserne. 8:30 Uhr in die Kantine Semmeln und Wust besorgen. Anschließend habe ich die Semmel mit der Wurst belegt und den Kaffee gebrüht. Auf Grund meines niedrigen Einkommens bei meinem neuen Arbeitgeber kaufte ich für mich privat jeden Tag 10 leere

Semmel und belegte diese mit der Wurst der Gesamtverpflegung und brachte den Erlös in mein Privatvermögen ein. Gegen 12 Uhr schloss ich den Kaffeeshop ab und fuhr mit dem Auto wieder nach Hause.

Zu Hause trainierte ich nicht immer so, wie es eigentlich geplant war. So oder so ähnlich verliefen die meisten Tage in der neuen Kompanie. Fußball war in der Kaserne hoch im Kurs. Als Mittelstürmer der J-Staffel war ich ein gefragter Mann. Es war oft keine Seltenheit, wenn ich pro Spiel fünf oder sechs Tore geschossen habe. Durch das Gewinnen der Geschwader Meisterschaft bekamen wir noch Sonderurlaub dazu. Ich war einer der wenigen Soldaten, die in ihrer Bundeswehrzeit mit dem Gewehr nicht mehr zum Schießen gekommen ist. Kurz vor meiner Entlassung musste ich noch eine

Ausbildung über mich ergehen lassen. Im Schnellverfahren wurde ich zum Stabsdienstsoldat berufen und konnte meine Bundeswehrzeit als Gefreiter beenden.